◎ 湘学研究丛书 ◎

胡六皆辑

胡六皆　著

罗　冈　辑注

民主与建设出版社

·北京·

图书在版编目（CIP）数据

胡六皆辑 / 胡六皆著；罗冈辑注. --北京：民主
与建设出版社，2023.10

ISBN 978-7-5139-4413-7

Ⅰ.①胡…　Ⅱ.①胡…　②罗…　Ⅲ.①中国文学－当
代文学－作品综合集　Ⅳ.①I217.2

中国国家版本馆CIP数据核字（2023）第210465号

胡六皆辑
HU LIUJIE JI

著　　者	胡六皆	
辑　　注	罗　冈	
责任编辑	宁莲佳	
封面设计	关　观	
出版发行	民主与建设出版社有限责任公司	
电　　话	（010）59417747　59419778	
社　　址	北京市海淀区西三环中路10号望海楼E座7层	
邮　　编	100142	
印　　刷	三河市天润建兴印务有限公司	
版　　次	2023年10月第1版	
印　　次	2023年12月第1次印刷	
开　　本	787毫米×1092毫米　1/16	
印　　张	18.25	
字　　数	200千字	
书　　号	ISBN 978-7-5139-4413-7	
定　　价	68.00元	

注：如有印、装质量问题，请与出版社联系。

胡六皆先生遗像
（1920.12.16—1997.2.25）

<table>
<tr><td>中　國　書　法　家　協　會</td><td>會　　員</td></tr>
<tr><td>湖　南　省　書　法　家　協　會</td><td>名　譽　理　事</td></tr>
<tr><td>長　沙　市　書　法　家　協　會</td><td>顧　　問</td></tr>
</table>

胡　六　皆

窩庵　長沙

地　址：長沙市南區東瓜山一村杏花苑小區六棟
附二樓0五、0六號
宅　電：5139869　　　　郵　編：410002

◎笔走龙蛇

长沙市车站中路"三湘第一市"

长沙市劳动西路（贺龙体育馆）对面"卧龙居"

长沙市长沙大道"高桥大市场"

豈曰無衣與子同仇與子同袍聽平型關上旗方獵二台兒莊外馬正蕭二華北連營崀崙聚狼血肉長城比日高驅強虜把百年血淚付與寒濤河山依舊妖嬈望萬里新征路尚遙要挈雲走日先消積重回天取地亦在今朝打破壑水開通航線九派奔騰涌巨潮春風路看鷗鵬展翅直上扶搖胡生穎沁園春詞　胡六智

沁园春　楷书条幅 138cm×69cm

白雲托奇石

仲之先生正

細雨溫流光

胡六皆

白云 细雨 楷书联 138cm×34cm

前　言

胡六皆先生，行六，其名出自"谦之一卦，六爻皆吉"，号寓盦（一作庵或厂）。湖南长沙县人，生于1920年12月16日，因病于1997年2月25日去世，享年77岁。

先生高祖父胡自成于咸丰三年（1853年）与陈晓吾合资白银1500两（胡占2/3，由胡负责经营）在长沙下太平街永丰仓口创办"长沙利生盐号"经营油盐杂货。胡自成去世后，由其长子胡翰江（胡六皆曾祖父）继续经营。1882年，胡翰江之子胡茂春（胡六皆祖父）入店学徒。迨胡翰江去世，胡茂春继承父业，独揽店务，锐意经营，旋扩大业务范围，以油盐为主，兼营花纱，历经百年不衰。

胡茂春育有独子胡家猷（胡六皆先生父亲）。胡家猷字公午，号咏斋，生于1883年，卒于1926年。他自幼聪颖，勤学好问，尤工辞章，书法学北魏诸碑，曾就读于岳麓书院，后弃商从仕。1906年，胡家猷在王先谦主讲的岳麓书院就读，此年23岁的胡家猷被聘在王先谦家坐馆，亲授其子王兴祖。宣统元年（1909年），胡家猷被省学政选为拔贡，第二年入京参加礼部试。《清实录宣统朝政纪·卷三十八》载："甲寅1914年，……引见宣统与其他一百四十八名拔贡生，著以七品小京官。"1909年的科举考试是清朝最后一次真正意义上的科举考试。但宣统在位三年便迎来了辛亥革命，这些经过朝考选拔出来的人才，无用武之地。胡家猷回到了湖南，经常在《大公报》《国民日报》《湖南日报》等报刊上发表杂文，批评时政，反映民间疾苦。因怀才不遇，郁郁成疾，1926 年，年仅 43 岁的胡家猷英年早逝，留下了白发苍苍的父母和七个儿女，此时的胡六皆先生方才 6 岁。

胡六皆先生幼年由祖父胡茂春抚养，学习四书五经；成年后与望城侯泽辉结为连理，共育有二男（胡怡曾、胡向真）一女（胡怀曾）。1964 年，年仅 14 岁的女儿于放学后失踪。先生经历了幼年失怙、中年失女的悲惨境遇，后又几经颠沛，在一印刷厂校对取样时，右手手臂被印刷机滚筒碾轧、撕裂，虽经及时抢救，但右手五指仍残废，不能屈伸。先生饱经忧患，仍乐观豁达，工作之余，临池不辍，碑帖互参，以惊人的毅力，练出了一手超绝的左手书法，而且右手又重新拿起了毛笔。先生爱好诗词，但从不炫于市俗，偶有二三好友，则相互唱和，以为乐事。先生在世时，众人以得先生片纸只字为快事，然人皆知其书而不知其诗词楹联。先生书法之高明，实得益于他的文化积淀，这也是研究他的书法艺术所不能回避的。

一

先生的诗出入于温、李、元、白诸家，然又可见老杜的端庄雄浑，或主气，或主意，顺手拈来，读来莫不令人叹服。先生学习从不囿于一家一派，对于宋代诗词名家作品他也特别喜欢，像苏轼、黄庭坚、陆游、姜夔等人的诗词创作手法，他都能有形无形地加以吸收。

　　先生的诗，体裁主要有五、七言绝句，律诗和古风。其绝句顺手拈来，清丽流畅，偶以白话入诗，轻灵诙谐。如《竹枝词之五》："睡久人人发懒筋，提神还要纸烟熏。无情最是长途卧，生把鸳鸯上下分。"《赠常德烟厂之三》："不必牢愁借酒浇，不愁茶渴饭难消。臣心久已坚如铁，耐得烟熏与火烧。"其律诗格律严谨，对仗工稳，尤其是用典，如盐入水，自然浑成。如《送别李伏波先生之一》："谁激西江水，翻怜北海才。"《戏赠濬源兄之一》："莫叹掷金诗有价，偶思弹铗食无鱼。"其古风构思谨严，层次分明，铺陈有度。如《十省市展览〈长江颂〉五言十韵》《甲戌重九碧湖诗社邀集开福寺拈得"扫"字》等。尤其是词，虽然都是祝寿题赠，但洋洋洒洒，婉约当行。

　　先生的诗词在内容上主要有酬答唱和、感怀咏史、题识纪行等，皆能有感而发，绝不矫揉造作。

　　先生的楹联在联界有口皆碑，尤以集句擅长。如《集句赠方潜明先生》："出淤泥而不染；处涸辙以犹欢。"上联出自周濂溪《爱莲说》："出淤泥而不染，濯清涟而不妖。"下联出自王勃《滕王阁序》："酌贪泉而觉爽，处涸辙以犹欢。"先生集句，信手拈来，切事切人，量身定制，嵌字联自然洒脱，不露痕迹。如《集句嵌名赠成五一》："五更晓色来书幌；一片冰心在玉壶。"上联集自苏轼《雪后书北台壁二首》："五更晓色来书幌，半夜寒声落画檐。"下联集自王昌龄《芙蓉楼送辛渐》："洛阳亲友如相问，一片冰心在玉壶。"集句嵌名，一箭双雕，天衣无缝。他的题赠联雅切工整，意蕴深远。如《题天心阁》："我辈复登临，总难忘四野哀鸿，一城焦土；风骚谁管领，莫辜负春回柳眼，月到天心。"对比鲜明，形象生动，意蕴高雅。其哀挽联哀而不伤，情真意厚，绝无惺惺之态，或自我标榜。如《挽周昭怡先生》："孤桐百尺耐高寒，当年咏絮词华，湘水弦歌空向往；除夕一樽成永别，明日落梅时节，京都书展待谁开？"文情并茂，哀思无穷。

先生各类作品的体裁和内容，反映了先生在诗词楹联创作上的全面修养，更是他深厚学养的体现。

二

先生早年家境殷实，但幼年失怙，遭遇了家庭的变故；中年刚好安定，女儿又走失；后又因工致残，经历了常人难以想象的困苦。正如他《自挽联》所道："何用衣棺，烧却文章烧却我；饱经忧患，不曾富贵不曾穷。"

一个"饱经忧患"的人，已是超然物外。那他的心境又会是怎样？我们先看看他的几首古体诗。如《与王镜宇》："人每怜我衰，我不觉我老。园蔬与村醪，酣然畅怀抱……尊重现在身，时乎不能再。永远无尽期，永远有现在。"《甲戌重九碧湖诗社邀集开福寺拈得"扫"字》："下笔不达意，读书悔不早。努力爱春华，未死莫服老。"看似着墨不多，但诗格清丽，有振拔之气。

先生雅好京昆，擅长音律。尤其推许晚唐许浑，能避其所短，学其所长。摒除许浑的"丁卯句法"，遵循"律诗入律"原则，不轻易用拗句。对于"许浑千首湿"的特点，也不是全盘照学，而是顺其自然，所以他在营造意象上既有"雨""水""霖""浪""溪""波""露"等，也有其他，不局限于一景一物。因为先生诗词的意象丰满，所以很多作品鲜明紧健，气象雄浑。如《登衡山看日出之二》："何当寒谷消冰雪，借取遥天烈火轮。"《与内子同游南岳归家后适内子七十岁生日》："食贫虚累糟糠老，再乞人间二十年。"《题湖南财政厅之四》："但求好雨如人意，化作源头活水流。"《次韵奉和奕斋兄游烈士公园之一》："胸怀坦荡云天阔，散尽离群去国愁。"就算写些小事、小景，也骏快有余而含情婉转。如《题浮香艺苑》："松拂茅檐柳映堤，山花红紫树高低。十分春色无人管，花片浮香过小溪。"《零陵九嶷山之二》："山势巍峨插太空，谒陵遥仰五针松。回头失却来时路，人在山环水抱中。"

先生的律诗，遣词华茂，对仗精严；用典圆熟，灵活不滞。如《赠别李伏波先生之二》："折腰不恋门前柳，焦尾谁怜爨后琴。"《奉和奕斋兄〈春游示诸友好兼以言别〉原韵》："刍草尽容羸马齿，钓竿空羡好鱼跳。分襟折柳伤离别，载酒携柑破寂寥。"《奉和刘作标先生游园》："貂裘弊后思春暖，凫舄来时趁晚晴。落絮游丝飞有影，闲花细雨听无声。"

从这些作品我们看到的是一种坚忍不拔的毅力，就是这种力量使"饱经忧患"的先生对生活和学习充满了激情。有这样的心灵境界，他的诗才形成了凝练精切、工稳清丽的风格。

三

先生的诗词气体清回而风骨自现。正如《文心雕龙·风骨》中所说的"情与气偕，辞共体并"，他的诗词具有丰富的情志和蕴含其中的真实生活感受，所以风格情调自然朴实而清新雅致。如《黄河碑林之三》："曝鳃点额君休问，不上龙门尾不烧。"看似写黄河，其实在写对历史的感慨，通过运用典故，匠心独运，精细地刻画了挫折和困顿，通过文字展示出生动的画面，动静结合而哀乐自现。又如《抗日纪事杂诗之四》："四亿人民同卫国，敢拼热血胜寒流。"这种题材的诗不易写好，组诗更难写。前三首都是铺陈直叙，而末首则意气充沛，义愤溢于言表。先生椽笔挥洒，痛斥日军的残暴，这使我们看到先生在温柔敦厚之外的一种正直刚毅的个性。再如《戏赠潽源兄之一》："如何学海探骊手，只向墦间乞祭余。"在这类题赠诗中，先生既同情好友的遭际，又讽刺那些为一己之私而抛弃人格尊严、进行狡诈欺骗的无耻之徒，给人以深刻的启示。又如《感遇之四》："一肢虽废一身全，领略春光四十年。欲报明时无弃置，弯弓犹恐缟难穿。"虽然"欲报明时"，但以自己的残废之躯"弯弓犹恐缟难穿"，透出一丝心内的悲凉。这里表现的心理是矛盾的，可又是自己内心的真实写照。再如《救灾义卖》："洪水横流四野来，万家田舍一时摧。何当疏导如人意，只利人民不作灾。"洪水每年致使无数的百姓遭灾，先生多次参加救灾义卖，支持百姓灾后重建家园，"何当疏导如人意"则是他所思考的，救灾不是办法，要从根源上解决问题。正是这种悲天悯人的情怀，让先生有这样的思考。

这些作品或即景抒怀，或友朋酬唱，不管是写景还是议论，皆词句工秀，清新豪峻。先生参透了世态炎凉，而体现出一种静穆悲凉、郁怒清健的风骨，这种精神与个性的结合，在审美情趣和艺术表现上释放出一种"正大"的气象。

先生国学根底深厚，又爱好佛学，与长沙、南岳诸寺的方丈多有往来。他的诗词作品与他的艺术审美追求相契合，虽宗法中晚唐，但能摒除绮丽华美，而追求平和淡雅。正如其早期诗《南岳纪游之三》中所道："禅心诗境渺难寻，禅榻难收入定心。"先生心性不定，还难分禅心与诗意，直到碧湖诗社复社二周年纪念时他写道："会得诗心与禅意，湖心深处有骊珠。"似是老僧入定，进入了禅境。如《奕斋夫妇，自美国海滨寄相片题后》："俪影神山在眼前，一波推进一波传。开函对我披襟唤，海上风来浪接天。"一张相片引发了作者无边的想象，使其与地球另外一边的好友作心灵上的沟通，通过诗的意境，使得其内涵超越了时间和空间。又如《浣溪沙·孔馥华先生八十大寿诞》："月下仙衣立玉山，石榴花发映朱栏，金樽檀板伴人间。闲却当年歌咏地，只携玉树一株还，春风香到锦衣斑。"仙乐仙歌，营造了寿诞的喜庆氛围，使读者俨然身临仙境。

再如《赠中行法师》："我来忘却回家路，南岳峰头一笑逢。"《日本茶道》："禅心茶道回甘味，静听松风饮落霞。"《甲戌重九碧湖诗社邀集开福寺拈得"扫"字》："碧月扬清辉，登高畅怀抱。长歌归去来，微云澹晴昊。"先生的诗中，守静去欲，达到了精神与自然的统一，从而远离喧嚣，用造化之美来养性存真，所以淳朴宁静，清新脱俗。其实他内心深处追求的是一种禅意融化为诗意，禅趣提炼为诗趣的诗的意境。欣赏他的诗词楹联，不光能体味到他对宗教的认识，还能得到诗意的享受。像这样的例子，在他的作品中还有很多。正如黄粹涵先生所言："今重读遗稿，但觉情真挚而不虚，辞灵动而不雕，淡而深沉，婉而突兀，即信手应酬之什，亦不落窠臼，思致粲然。为齐梁？为唐？为宋？皆然皆不然，的为胡六皆之诗，为胡六皆其人，亦即胡六皆之时与世，是足以传矣。"

先生在世时"诗名早被书名掩"。现在距他去世已经二十余年，但他的书法和诗词楹联艺术却越来越受到大家的关注。他深厚的文学修养、高雅的格调、清健的风骨，特别是书法和诗词楹联里蕴含的禅意等，也不是拙文所能备述的。本书的出版，期以抛砖引玉，希望更多有识之士来共同研究、共同探讨。

序　一

　　岁在丙子，余得识罗冈仰之。仰之方致力于篆刻，欲益习书法，厚根本，因介谒寓盦胡六皆先生，请予成就。寓盦察其纯真勤敏，爱之如子弟，使研墨，使拂纸，使度量尺寸，观摩作字，临碑看帖，口讲指画，倾囊授之无所吝。又常课其习作，一点一画，评而绳之，望之殷而教之严。余闻而私慰所介绍之两得也。如此年余，而寓盦不幸殂谢。我有知己之痛，仰之失服膺之师，每忆昔游，相向怃然，不能自已。

　　寓盦浪荡形骸，淡于名利，有所欲言，讷讷如不能出口，而偶作诗联，则精光四射，常出人言意之表。顾不肯自炫人前，博诗人之号。亦不自留稿，为名山之传。今其遗墨时价高于生前，而知其诗之工且妙者绝少。盖诗为书名所掩，而诗又未易知也。仰之恐其诗久而亡佚，留意搜罗，得诗、词、联二百余首，编为一辑，将刊而布之，以永其传，丐余数语为序。余不能诗，而由读寓盦之诗以知寓盦而订交。今重读遗稿，但觉情真挚而不虚，辞灵动而不雕，淡而深沉，婉而突兀，即信手应酬之什，亦不落窠臼，思致粲然。为齐梁？为唐？为宋？皆然皆不然，的为胡六皆之诗，为胡六皆其人，亦即胡六皆之时与世，是足以传矣。自寓盦之逝，仰之时节谒候其夫人，又独任刊集之剧。嘉仰之深于情而笃于义，故略识所知如此。寓盦在天有灵，许之耶？否耶？余不知也。

甲申夏至，黄粹涵序。时年八十有七

序　二

　　吾观百代之诗，大抵可分三类，曰颂圣，曰忧民，曰言情。"九天阊阖开宫殿，万国衣冠拜冕旒""一曲升平人尽乐，君王又进紫霞杯"者，歌功颂德也；"可怜身上衣正单，心忧炭贱愿天寒""遗民泪尽胡尘里，南望王师又一年"者，忧国忧民也；"花飞莫遣随流水，怕有渔郎来问津""晴空一鹤排云上，便引诗情到碧霄"者，言志寄情也。歌功颂德者，吮痈舐痔，曲意逢迎，纵讨得一盏残羹，终落得万人诅咒；忧国忧民者，一腔幽怨，满腹牢骚，虽不为当世所容，却赢得后人景仰；言志寄情者，自由挥洒，放浪形骸，其旷达不图后世留名，真性情却光腾霄汉。

　　寓盦先生，以书名世，间或为诗，因书法光芒甚炽，诗之光焰为其所掩，故时人不识其诗者众矣。先生之作，多以临池援笔而成，兴之所至，即席吟之，未存歌功颂德之初衷，未发忧国忧民之慷慨，自抒胸臆，剖露情怀，五柳之风，悠悠自见，东坡之趣，习习而生，非刻意为诗而妙手偶得者也！"折腰不恋门前柳，焦尾谁怜爨后琴""刀笔尚余金石癖，江涛犹作鼓鼙声"诸句，可见一斑。粹涵先生以"精光四射"评之，确为的论。

　　罗冈仰之，不忘恩师之德，广搜零散之章，辑为此卷，嘱余弁言，余压力如山，深恐有辱先生，不敢妄言。今沐手焚香，恭呈数语，安可言序哉。

　　　　　胡静怡庚子季秋于长沙怀虹斋

目　录

诗　词

楹 联

附　录

一、友朋题赠、唱和

二、挽　联

三、挽　诗

四、缅怀纪念

五、诗联评论

六、艺海钩沉

诗

词

赠鞏龙兄

纸帐芦帘^①老谪仙^②，冰心玉骨雪盈颠。

月明香冷寒林静，清绝孤芳四十年。

①纸帐芦帘，以藤皮茧纸缝制的帐子，以芦苇编成的帘子。

②谪仙，谪居世间的仙人。常用以称誉才学优异的人。

赠靳源^①兄

重逢茗肆劫余^②身，老矣欢场顾曲^③人。

"起解"谶征明日事，只今愁听"玉堂春"。

①即周世昇（1919—2001），别号靳源，湖南宁乡人。父亲早逝，从小寄居叔父周震鳞先生家中。1941年毕业于湖南大学经济系，曾任国民党财政部、粮食部科员、视察等职，后任教于湖南省高级护士助产学校。1949年后湖南省高级护士助产学校成为湖南军区医院（今之中国人民解放军第163医院）。1952年起，因"历史问题"受到不公正待遇30年，这期间他务过农，拾过垃圾，推过板车。1982年得以平反昭雪。后任长沙财会进修学院教师，主编《长沙财会》杂志。擅诗词书法。书法界"长沙九老"之一。有《北窗撷忆》待梓。靳源先生入冤狱之前夜，与胡六皆先生同观赵燕侠主演之《女起解》。

②劫余，谓灾难之后。

③顾曲，《三国志·吴志·周瑜传》："瑜少精意于音乐，虽三爵之后，其有阙误，瑜必知之，知之必顾，故时人谣曰：'曲有误，周郎顾。'"后遂以"顾曲"为欣赏音乐、戏曲之典。

和周世昇兄游烈士公园

鬼神难状句难寻，得句难酬友谊深。

磨盾①久闲挥翰手，临渊空有羡鱼心。

山中猿鹤情犹在，风里蜻蜓弱不禁。

道左君平休卖卜②，抚髀③不敢话浮沉。

①磨盾，即磨盾鼻。在盾牌把手上磨墨草檄。典出《北史·荀济传》。后称在军队里做文书工作为"磨盾鼻"。

②君平休卖卜，西汉严遵，字君平，汉蜀郡人，卜筮于成都市，日得百钱，足以自养，即闭肆下帘读《老子》。扬雄少时曾从其游学，称其为"逸民"。一生不为官，卒年九十余。

③抚髀，以手拍股。表示振奋或感叹。《世说新语·赏誉》："谢子微见许子将兄弟。"刘孝标注引晋周斐《汝南先贤传》："虞恒抚髀称劲，自以为不及也。"

喜上海中国残疾人基金会成立

人老心犹壮，身残志更坚。

但教存一息，不敢负余年。

贺长沙市文联新楼落成

朝雨浥轻尘，文坛大纛①新。

新风趁时澍②，散作万家春。

①大纛，军中或仪仗队的大旗。宋欧阳修《相州昼锦堂记》："然则高牙大纛，不足为公荣；桓圭衮裳，不足为公贵。"

②时澍，及时雨。《后汉书·马融传》："今年五月以来，雨露时澍，祥应将至。"

过青少年宫见史荫嘉①先生教授少儿书法有感

时雨仁风润砚田，嫩寒新圃育苗天。

看君利用三余②日，愧我虚生六十年。

静夜行云闲映水，晚山深竹暗浮烟。

儒林事业从头数，谁为儿童辟讲筵③。

①即史穆（1922—2009），别名荫嘉，长沙人，幼承庭训，临池学书。曾在湖南国学专科学校研习古汉语、经史及诗古文辞。在当时著名学者王啸苏、宗子威、罗元鲲诸先生影响下，与诗词、书法结不解之缘。湖南文史研究馆馆员，中国书法家协会会员，曾任长沙市书法家协会主席。逝后家人编有《大家史穆》。

②三余，《三国志·魏书·王肃传》："明帝时大司农弘农董遇等，亦历注经传，颇传于世。"裴松之注引三国魏鱼豢《魏略》："遇言：'读书当以"三余"。'或问'三余'之意。遇言：'冬者岁之余，夜者日之余，阴雨者时之余也。'"后以"三余"泛指空闲时间。

③讲筵，讲经、讲学的处所。

参观长沙市老年书法展见萧长迈①先生作品喜赋

南极文昌②映碧霄，朱颜白鹤想清标③。

襟怀更寄烟霞外，潇洒萧家一字萧。

①萧长迈（1900—1993），号漫翁，湖南湘乡人。文史学家、书法家。曾任教于湖南第一师范、扬州中学、上海中学、长沙师范，著有《漫翁诗文集》。

②南极文昌，南极，星名，即南极老人星，此星主寿；文昌，特指文昌宫六星的第四星，旧时传说主文运，故俗又称"文曲星"或"文星"。

③清标，清美出众。

梦　游

一

昨宵高枕梦游仙①，梦到修文馆②外眠。
苦恨宣尼③新约法，挥毫不许写陈篇。

二

早年失学苦无师，错把钞诗当作诗。
多谢书坛开讲座，从头学起不为迟。

①游仙，漫游仙界。

②修文馆，官署名。唐武德四年（621年）置修文馆于门下省。九年，太宗即位，改名弘文馆。聚书二十余万卷。置学士，掌校正图籍，教授生徒；遇朝有制度沿革、礼仪轻重时，得与参议。置校书郎，掌校理典籍，刊正错谬。设馆主一人，总领馆务。学生数十名，皆选自皇族贵戚及高级京官子弟，师事学士受经史书法。

③宣尼，汉平帝元始元年追谥孔子为"襃成宣尼公"，后因称孔子为"宣尼"。

赠宋槐芳①先生

一

襟怀如水鬓如霜，搜集吟笺入锦囊。
爱此诗坛干净土，槐花黄发满庭芳。

二

谁主诗坛月旦评②，谁催叠稿送嘤鸣。
平生风义兼师友，高卧西园宋广平③。

①宋槐芳（1918—2006），字怀黄，晚号陬溪，湖南湘阴人。中华诗词学会会员，湖南诗词协会顾问，长沙市楹联家协会顾问。长沙市嘤鸣诗社创始人，1981 年与友人吴叔羽创办《嘤鸣集》诗刊，发行海内外；出版"嘤鸣丛书"十辑。有《寸心吟草》暨《续集》行世。生前住在开福区西园百里，逝世前将积蓄三千元捐赠嘤鸣诗社。胡六皆先生与宋槐芳先生交厚，每有诗作即首发《嘤鸣集》，从不向其他诗刊投稿。他刊有先生诗作，多为转载。

②月旦评，谓品评人物。典出《后汉书·许劭传》："初，劭与靖俱有高名，好共核论乡党人物，每月辄更其品题，故汝南俗有'月旦评'焉。"

③宋广平，唐宋璟的别称。玄宗时名相，耿介有大节，以刚正不阿著称于世。因曾封广平郡公，故名。

贺一九八七年艺术节

文　学

心境灵扉面面开，扬声捴藻①骋奇才。
红旗碧海探骊②手，都向明时献礼来。

书　画

元气淋漓尺幅开，云阶月地绝尘埃。
从头写出新风格，都向明时献礼来。

摄　影

缩影留形一镜开，取神取景费心裁。
瞬间取得传神景，都向明时献礼来。

歌　舞

月殿云阶次第开，霓裳歌舞影徘徊。
舞池新奏钧天乐③，都向明时献礼来。

①捴藻，铺陈辞藻。

②探骊，传说古代有个靠编织蒿草帘为生的人，其子入水，得千金之珠。他对儿子说："这种珠生在九重深渊的骊龙颔下。你一定是趁它睡着摘来的，如果骊龙当时醒过来，你就没命了。"事见《庄子·列御寇》。后以"探骊得珠"比喻应试得第或吟诗作文能抓住关键。

③钧天乐，即钧天广乐。《史记·赵世家》："赵简子疾，五日不知人……居二日半，简子寤。语大夫曰：'我之帝所甚乐，与百神游于钧天，广乐九奏万舞，不类三代之乐，其声动人心。'"后因以"钧天广乐"指天上的音乐，仙乐。

湖南省首届老年人艺术作品展览

叙齿排班白发新，韶华①不负苦吟身。

遇时自信无前古，入座人须满六旬。

夜月临池花乱影，银河如水雨清尘。

天风吹散蚩尤雾②，化作桑榆③劫后春。

①韶华，美好的时光。常指春光。

②蚩尤雾，借指雾或兵气。相传蚩尤与黄帝决战时雾塞天地。

③桑榆，比喻晚年，垂老之年。曹植《赠白马王彪》："年在桑榆间，影响不能追。"

竹枝词

一

夫人隔夜整行装，急煞刘郎与史郎。

要搭早车游上海，任凭风雨五更狂。

二

白首偕游乐可知，红楼烟柳绿垂丝。

华灯绣幕新铺盖，回味新婚蜜月时。

三

无酒无肴剧可怜，任凭喉急口流涎。
餐车盒饭休嫌贵，只卖书家二块钱。

四

征途同伴笑相亲，无酒无花不算春。
天府花生黔北酒，人人感激史夫人。

五

睡久人人发懒筋，提神还要纸烟熏。
无情最是长途卧，生把鸳鸯上下分。

黄河碑林

一

疏导难忘大禹功，风帆稳渡乱流中。
请看青海源头水，恩泽长流渤海东。

二

河清海晏①话升平，天淡云收雨乍晴。
说与当年包孝肃②，未须一笑始河清。

三

积石奔流势太骄，鱼龙吹浪朔风高。
曝鳃③点额君休问，不上龙门尾不烧④。

四

谁磨盾鼻寄高吟，笔力纵横入石深。
他日书坛寻胜迹，黄河南岸有碑林。

①河清海晏，黄河水清，沧海波平。形容国内安定，天下
太平。

②包孝肃，包拯（999—1062），北宋庐州合肥人，字希仁。
仁宗天圣五年进士。官至枢密副使。卒谥孝肃。为官清廉，执
法严正，不避权贵。

③曝鳃，亦作"曝腮"。《后汉书·郡国志五》："（交趾郡）
封溪建武十九年置。"刘昭注引晋刘欣期《交州记》："有堤防
龙门，水深百寻，大鱼登此门化成龙，不得过，曝鳃点额，血
流此水，恒如丹池。"后以喻挫折、困顿。

④尾不烧，不显达。烧尾，喻显达。唐许浑《晚登龙门驿
楼》："风云有路皆烧尾，波浪无程尽曝腮。"

十省市展览《长江颂》五言十韵

风定雨初晴，扁舟过洞庭。
夕航依北斗①，晨雾失南冥②。
远水天边白，群峰树杪青。
尺书和泪托，广乐③带潮听。

瑟寄湘妃④怨，心仪帝子灵。

鱼丽⑤严阵法，鼍鼓⑥震雷霆。

天阙⑦消兵象，银河列景星。

温犀⑧燃照影，禹鼎铸留形。

涓滴争归海，奔腾势建瓴。

民心如此水，作颂庆余龄。

①北斗，指北斗星。

②南冥，亦作"南溟"，出自《庄子·逍遥游》："是鸟也，海运则将徙于南冥。南冥者，天池也。"指南边的大海。

③广乐，即钧天广乐，指仙乐。

④湘妃，舜二妃娥皇、女英。相传二妃没于湘水，遂为湘水之神。唐岑参《秋夕听罗山人弹三峡流泉》："楚客肠欲断，湘妃泪斑斑。"

⑤鱼丽，亦作"鱼丽阵"。古代战阵名。唐贺朝《从军行》："鱼丽阵接塞云平，雁翼营通海月明。"

⑥鼍鼓，用鼍皮蒙的鼓，其声亦如鼍鸣。《诗经·大雅·灵台》："鼍鼓逢逢。"

⑦天阙，天上的宫阙。

⑧温犀，《晋书·温峤传》："（峤）至牛渚矶，水深不可测，世云其下多怪物，峤遂毁犀角而照之。须臾，见水族覆火，奇形异状。"后以"温犀"比喻洞察一切的才识。

戊辰仲夏参观南郊公园彭吟轩①先生书画展题赠

南郊园地草芊芊，沉李浮瓜②六月天。

纸帐芦帘修竹影，夜深和月写吟笺。

①彭吟轩（1930—2008），号湖鼻山樵、得月楼主，湖南湘阴人。先生曾任教于湖南第一师范、一师二附小、长沙市第三十二中学，为中国民主促进会早期会员。历任民进长沙市委会秘书长、长沙市海外联谊会副会长，是湖南省文史研究馆馆员、湖南美术家协会会员、台湾艺术协会顾问、楚风艺术研究院副院长。作为长沙老年大学创始人，连续二十年任长沙老年大学校长。

②沉李浮瓜，三国魏曹丕《与朝歌令吴质书》："浮甘瓜于清泉，沈朱李于寒水。"谓天热把瓜果用冷水浸后食用。后以"沉李浮瓜"借指消夏乐事。

一九八八年元月在湖南宾馆为龙年大赛评字

一

鱼目珍珠辨假真，新年评选集湖宾。
座中都是淘金手，披尽狂沙眼有神。

二

谁人得奖夺头功，眼界高低各不同。
三万六千新墨卷，张张文字不离龙。

参观长沙市中药一厂题

车出南郊趁晓凉，轻尘微雨湿诗囊。
年来别有烟霞癖①，不爱花香爱药香。

①烟霞癖，指酷爱山水成癖。

戊辰重阳天心雅集

高阁古烽烟，逍遥自在仙。
天留前辈老，德比古人贤。
帘卷重阳雨，樽开百岁筵。
儒林存硕果，长此惜华年。

《广州日报》四十周年

挥手拂云烟，珠琲①字字圆。
文翻南海浪，春醉木棉天。
飞瀑三千尺，惊涛四十年。
燃犀②搜鬼蜮③，跃马试龙泉。

①珠琲，珠串。多形容形似珠串的水珠等。此处指多个铅字排成文章。

②燃犀，南朝宋刘敬叔《异苑》卷七："晋温峤至牛渚矶，闻水底有音乐之声，水深不可测。传言下多怪物。乃燃犀角而照之。须臾，见水族覆火，奇形异状。"后以"燃犀"为烛照水下鳞介之怪的典实。宋辛弃疾《水龙吟·过南剑双溪楼》："待燃犀下看，凭栏却怕，风雷怒，鱼龙惨。"

③鬼蜮，《诗经·小雅·何人斯》："为鬼为蜮，则不可得。"鬼和蜮都是暗中害人的精怪。后以"鬼蜮"喻用心险恶、暗中伤人的小人。

集唐诗①赠台湾友人

阳月②南飞雁，扬帆截海行。

星垂平野阔，月是故乡明。

佳气生朝夕，清音入杏冥。

一樽花下酒，宁让玉壶清。

①依次集自宋之问《题大庾岭北驿》、孟浩然《寻天台山》、杜甫《旅夜书怀》、杜甫《月夜忆舍弟》、韦应物《龙门游眺》、钱起《省试湘灵鼓瑟》、许浑（一作赵嘏）《江上燕别》、无名氏《日暮山河清》。

②阳月，农历十月的别称。汉董仲舒《雨雹对》："十月，阴虽用事，而阴不孤立。此月纯阴，疑于无阳，故谓之阳月。"

敬题彭德怀元帅纪念馆

百战老元戎①，名高一代中。

援朝伸正义，抗美建奇功。

驰骋长征马，精诚贯日虹。

万言书尚在，和泪写孤忠。

①元戎，主将，统帅。

麓山即兴

一

邀约来寻白鹤泉①，乍晴乍雨早秋天。
余生只合名山住，风月无边不费钱。

二

扶筇②直上白云间，山自幽深泉自闲。
高处天风最清冷，五铢衣③薄不胜寒。

①白鹤泉，在长沙岳麓山上麓山寺后，被誉为"麓山第一芳涧"，冬夏不涸，清冽甘甜。

②扶筇，扶杖。宋朱熹《又和秀野》之一："觅句休教长闭户，出门聊得试扶筇。"

③五铢衣，亦称"五铢服"，传说古代神仙穿的一种衣服，轻而薄。

吉首大学三十周年纪念

学府弦歌三十年，湘江流远水连天。
好将吉首苗家景，写入今朝校庆篇。

常德书画会

一

红映清溪绿映堤，花开花落自成蹊。

武陵源里评春色，绝妙诗题与画题。

二

书画淋漓笔有神，襟怀潇洒水无尘。

愿将洗砚池中水，流作清溪洞口春。

嘤鸣声里寄乡情，刘国政先生自台返乡有作

微雨洒行程，嘉宾会古城。

白云迎远鹤，碧海掣长鲸①。

去日霜威重，归帆雾影轻。

浮萍风聚散，无限别离情。

①长鲸，喻巨寇。唐刘知幾《史通·叙事》："论逆臣则呼为问鼎，称巨寇则目以长鲸。"此处指刘国政早年随国民党军队参加抗日。

答子定①用原韵

一

逸兴知随话兴添，几人福慧老能兼。

诗文散失从新记，花雨缤纷信手拈。

直道待人忘忌讳，清谈医俗即针砭②。

元龙③卧处高难上，欲待追攀步履嫌④。

二

欲将斗酒为君添，无奈熊鱼不得兼。

洁到冰心梅作伴，望穿针眼线难拈。

庄严入相人征寿，轻薄为文我自砭。

叠韵便存争胜意，垂纶⑤终有钓名嫌。

①陈子定（1914—1997），字建元。湖南平江人。曾在湖南高等法院工作。弱孤贫，苦读，嗜酒。劫中挨整，为区基建队管砂石。工诗词，有《养吾浩然斋剩稿》《平江方音俚谚考》。陈子定先生是民国湖南高等法院院长陈长簇侄儿，晚年耳聋近视，与之交流，毛笔手书寸楷，方能达意。

②针砭，用砭石制成的针。亦谓针灸治病。

③元龙，东汉陈登，字元龙。《三国志·魏书·陈登传》载，许汜与刘备在荆州刘表处坐，一起品论天下人，汜曰："昔遭乱过下邳，见元龙。元龙无客主之意，久不相与语，自上大床卧，使客卧下床。"后以"元龙高卧"为怠慢客人的典故。

④步履嫌，即整冠纳履。比喻易招惹嫌疑的行动。出自

《乐府诗集·相和歌辞七·君子行》："君子防未然，不处嫌疑间。瓜田不纳履，李下不正冠。"

⑤垂纶，指隐居或退隐。传说吕尚（姜太公）未出仕时曾隐居渭滨垂钓。

题亡侄慰曾①所藏东池雅集图为酬遗愿也

一

老圃寒烟夕照边，碧云黄叶晚秋天。
披图欲问东池路，人海来迟五十年。

二

苔痕屐齿记行踪，曲曲流泉淡淡风。
争怪少年头欲白，一枝斜出雁来红。

三

笔墨模糊辨识迟，折枝裁剪费装池。
谁能唤得花魂醒，再见回黄转绿时。

四

题诗珍重付遗孤，化作灵前祭侄图。
淡墨为君和泪写，心声能到九原②无。

①胡慰曾（1940—1988），堂号红雨楼，湖南长沙人。中国书法家协会会员，中国书法理论研究会常务理事，长沙市九三学社办公室主任。擅工艺美术设计、书法、金石、中国画。作

品入选全国第一届书法篆刻展，1987 年当选国际龙年书赛评委。胡六皆初涉书坛，得胡慰曾揄扬，叔侄情深，可见一斑。

②九原，指九泉，黄泉。《旧唐书·李嗣业传》："忠诚未遂，空恨于九原。"

己巳重九老人节抒怀

老至交游少，情因翰墨亲。

秋高重九日，座满白头人。

星象占南极，天风起北辰①。

月明残雪夜，验取后凋②身。

①北辰，指北极星。《论语·为政》："为政以德，譬如北辰，居其所而众星共之。"

②后凋，《论语·子罕》："岁寒，然后知松柏之后凋也。"比喻守正不苟而有晚节。

叠韵抒怀

一

诗不吟成酒不添，酒肴饭颗两能兼。

高风逸响琴三叠，险韵①新词句四拈。

何必送穷终潦倒，敢因讳疾避攻砭②。

朝来揽镜羞还笑，如此形骸我自嫌。

二

友谊深随岁月添，也宜求阙也求兼。

词风洒落樽前健，险韵推敲枕上拈。

文字有灵珠待价，辨才^③无碍舌能砭。

痴聋日渐欺吾老，看尽痴聋不敢嫌。

①险韵，险僻难押的诗韵。

②攻砭，谓以石针扎刺治病。

③辨才，善于言谈或辩论之才，雄辩之才。辨，通"辩"。

次韵奉和奕斋^①兄游烈士公园

一

欲待相留未忍留，故山猿鹤怨清秋。

放言容我吟狂句，洗耳^②看君枕乱流。

酒盏再寻黄叶路，诗笺压重木兰舟。

胸怀坦荡云天阔，散尽离群去国愁。

二

湖上闲鸥任去留，长堤衰柳不禁秋。

起看鹤影排云上，卧听江声带梦流。

送曙晓风开宿雾，笼烟湘水护行舟。

欲将后约临歧路^③，又为残年后约愁。

①奕斋，李伏波（1916—2007）之号，曾用名李桂中、李

传功。湖南长沙县东乡人。1957年任湖南省人民委员会参事室秘书，1983年任湖南省人民政府参事室参事。中国书法家协会会员，湖南书法家协会理事，湖南省诗词协会理事，楚风诗词书画社副社长。自幼学书，喜咏吟，工古体诗词，其书法内容大多为自作诗词，有《雪鸿吟草》。

②洗耳，表示厌闻污浊之声。晋皇甫谧《高士传·许由》："尧让天下于许由……由于是遁耕于中岳颍水之阳，箕山之下，终身无经天下色。尧又召为九州长，由不欲闻之，洗耳于颍水滨。"

③临歧路，本义为面临歧路，后亦用为赠别之辞。唐杜甫《送李校书二十六韵》："临歧意颇切，对酒不能吃。"

赠别李伏波先生

一

才喜春从海上归，天风又送片帆飞。
锦囊积句增游兴，寒夜敲棋习战机①。
身价每因知己重，花时惜与故人违。
灵槎②直向银河去，莫再尘寰问是非。

二

别酒为君带泪斟，酒痕和泪湿衣襟。
折腰不恋门前柳，焦尾③谁怜爨后琴。
送暖嘘枯④知我困，解衣推食⑤感人深。
一从古阁评联后，直谅⑥高风说到今。

①战机，用兵作战的谋略。

②灵槎，能乘往天河的船筏。典出晋张华《博物志》。

③焦尾，琴名。《后汉书·蔡邕传》："吴人有烧桐以爨者，邕闻火烈之声，知其良木，因请而裁为琴，果有美音，而其尾犹焦，故时人名曰'焦尾琴'焉。"

④嘘枯，比喻拯绝扶危。

⑤解衣推食，慷慨赠人衣食。谓施惠于人。语出《史记·淮阴侯列传》："汉王授我上将军印，予我数万众，解衣衣我，推食食我，言听计用，故吾得以至于此。"

⑥直谅，指正直诚信。《论语·季氏》："益者三友……友直，友谅，友多闻，益矣。""一从古阁评联后"，说的即是1982年胡六皆应征为天心阁所撰之初稿，被部分评委讥为"吟风弄月"，经李伏波先生斡旋，改成后稿，得以入选。

送别李伏波先生

一

去国期将定，将行又暂回。

我何能远出，君未必重来。

谁激西江水①，翻怜北海②才。

莫嗟天道远，云雾一朝开。

二

空有挥戈③力，难将白日回。

金山④愁梦远，银岭⑤犯寒来。

兰桂珍华裔，楩楠惜楚才。

论交沧海上，青眼⑥莫轻开。

①西江水，典出"涸辙之鲋"。《庄子·外物》："庄周家贫，故往贷粟于监河侯。监河侯曰：'诺。我将得邑金，将贷子三百金，可乎？'庄周忿然作色曰：'周昨来，有中道而呼者。周顾视车辙中，有鲋鱼焉。周问之曰："鲋鱼来！子何为者邪？"对曰："我，东海之波臣也。君岂有斗升之水而活我哉？"周曰："诺。我且南游吴越之王，激西江之水而迎子，可乎？"鲋鱼忿然作色曰："吾失我常与，我无所处。吾得斗升之水然活耳，君乃言此，曾不如早索我于枯鱼之肆！"'"比喻处于困境，等待援助。

②北海，李邕（678—747），字泰和，扬州江都人。唐朝大臣、书法家，博学多才，少年成名。初为谏官，历任汲郡、北海太守，人称"李北海"。

③挥戈，即"挥戈回日"。《淮南子·览冥训》："鲁阳公与韩构难，战酣，日暮，援戈而挥之，日为之反三舍。"指力挽危局。

④金山，即美国旧金山。

⑤银岭，即长沙河西银盆岭。

⑥青眼，表示对人喜爱或器重。晋阮籍能为青白眼，眼睛平视则见黑眼珠，上视则现出眼白。对待喜欢的人，他用青眼看；对待讨厌的人，他就用白眼看。

奉和奕斋兄《春游示诸友好兼以言别》原韵

寻诗觅地避喧嚣，明月何能借酒邀。
刍草①尽容羸马②齿，钓竿空羡好鱼跳③。
分襟④折柳伤离别，载酒携柑破寂寥。
欲问情怀何所似，一湖活水涌心潮。

①刍草，饲养牲畜的草。

②羸马，瘦弱的马。

③钓竿空羡好鱼跳，《淮南子·说林训》："临河而羡鱼，不如归家织网。"比喻空有愿望，而无实际行动。

④分襟，犹离别，分袂。

戏赠伏波

鹤影翩翩弄夕晖，梳翎①顾影②惜毛衣。

故山同伴长相待，何必凌霄独自飞。

①梳翎，鸟类梳理自身羽毛。唐郑颢《续梦中十韵》："日斜乌敛翼，风动鹤梳翎。"

②顾影，自顾其影。有自矜、自负之意。

赠别李伏波先生赴美

一

寻常谈笑轻离别，今日离愁撇不开。

唯有多情堤上柳，长舒青眼盼人回。

二

何日重逢未许期，难忘送我出山时。

路旁花木都堪记，好写怀乡惜别诗。

三

蓬山①隔海海无尘，春日蓬山不见春。

寂寂花时春昼永，翻怜君是画中人。

①蓬山，即蓬莱山，相传为仙人所居。

寄纽约李伏波先生

写字时愁点画繁，心潮遥逐乱云翻。

故人远寄宣城纸①，词客新开北海樽。

剩馥残膏②沾笔砚，黄粱新韭入盘飧。

书来若问寒冬事，犹有绨袍③称体温。

①故人远寄宣城纸，李伏波先生之女公子在纽约创办经营"洞庭春酒家"，来信托颜雨辰购寄宣纸。

②剩馥残膏，犹余泽。比喻前人留下的文学遗产。清吴伟业《画中九友歌》："至尊含笑黄金投，残膏剩馥鸡林求。"亦作"残膏剩馥"，亦省作"残剩"。

③绨袍，厚缯制成之袍。《后汉书·郎颛传》："故孝文皇帝绨袍革舄，木器无文。"宋陆游《冬晴》诗："岁暮常年雪正豪，今年喧暖减绨袍。"

呈奕斋兄

一

大泽投荒①客，樽前异国身。

一帆湘浦水，三月岭南滨。

候鸟呼相应，乖龙②意未驯。

掷杯长太息，煮酒爨劳薪③。

二

车笠④情何极，桑榆日未曛。

鸿泥诗作史，鸳浦水生纹。

彩鹢⑤浮沧海，飞凫⑥逐白云。

归来逢醉尉⑦，犹是故将军。

①投荒，贬谪，流放至荒远之地。

②乖龙，传说中的孽龙。

③爨劳薪，即"爨下余"，谓灶下烧残的良木。典出《后汉书·蔡邕传》："吴人有烧桐以爨者，邕闻火烈之声，知其良木，因请而裁为琴，果有美音。"比喻幸免于难的良材。

④车笠，《太平御览》卷四〇六引晋周处《风土记》："越俗性率朴，意亲好合，即脱头上手巾，解要（腰）间五尺刀以与之为交，拜亲跪妻，初定交有礼……祝曰：'卿虽乘车我戴笠，后日相逢下车揖；我虽步行卿乘马，后日相逢卿当下。'"喻贵贱贫富不移的深厚友谊。宋刘克庄《谢诸府启》："属元会

弓旌之聘，念平生车笠之交。"

⑤彩鹢，借指船。鹢为水鸟，古代常在船头画鹢，着以彩色。

⑥飞凫，飞翔的野鸭，借指轻舟。南朝梁宗懔《荆楚岁时记》："五月五日竞渡，俗为屈原投汨罗日，伤其死，故并命舟楫以拯之。舸舟取其轻利，谓之飞凫。"唐王勃《三月上巳祓禊序》："或昂昂骐骥，或泛泛飞凫。"

⑦醉尉，即霸陵醉尉。《史记·李将军列传》："尝夜从一骑出，从人田间饮。还至霸陵亭，霸陵尉醉，呵止广。广骑曰：'故李将军。'尉曰：'今将军尚不得夜行，何乃故也！'止广宿亭下。"后常用"醉尉"作势利小人的代名词。

和奕斋游烈士公园

柳丝轻拂水纹开，细雨轻阴润绿苔。
访鹤看花乘月去，开云横海送春来。
吟篇别后新成册，古籍焚余散作灰。
对弈尚堪争一快，披襟同上最高台。

和奕斋游步虚楼原韵

晚春结伴作春游，苦茗清心雨洗头。
梁孟①尚侬新厦住，好花如为故人留。
病难陪弈非关懒，足怯登高且暂休。
今日雪泥②寻旧迹，六年重上步虚楼。

①梁孟，东汉梁鸿、孟光夫妇，守贫高义，相敬如宾。后

因以"梁孟"为对人夫妇的美称。

②雪泥，即雪泥鸿爪。鸿雁在雪地上留下的爪印，喻往事遗留的痕迹。

奉和李奕老

雾失银盆岭①，云深碧海乡。

狐裘寒伴老，鸳被暖生香。

慷慨筹边②客，风流卖赋郎。

岳阳楼③下水，流不到潇湘。

①银盆岭，在长沙市岳麓区。

②筹边，筹划边境事务。

③李伏波先生之女公子所开"洞庭春酒家"又名"岳阳楼酒家"。

寄奕斋兄美国

兽炭①添温到草亭，玉珰函札②寄西溟③。

纸窗花影经春活，荒谷风声带雪听。

泥沼艰难龟曳尾④，海天空阔鹤梳翎。

匡床⑤布被生涯暖，但愿冬眠不愿醒。

①兽炭，兽形的炭，亦泛指炭或炭火。《晋书·外戚传·羊琇》："琇性豪侈，费用无复齐限，而屑炭和作兽形以温酒，洛下豪贵咸竞效之。"唐张南史《雪》："千门万户皆静，兽炭皮裘自热。"

②玉珰，玉制的耳饰。函札，书信。

③西溟，古代传说西方日入处。此处代指美国。

④龟曳尾，《庄子·秋水》："此龟者，宁其死为留骨而贵乎？宁其生而曳尾于涂中乎？"后遂用作典故，以"龟曳尾"比喻自由自在的隐居生活。

⑤匡床，安适的床，一说方正的床。《商君书·画策》："人主处匡床之上，听丝竹之声，而天下治。"

乙亥春节再寄奕斋

此地堪娱老，新年共举觞。

寡人宜好货①，丑女怯梳妆。

润惠诗三百，相思水一方②。

知君春意在，犹是昔时狂。

①好货，指贪爱财物。语出《孟子·梁惠王下》："（齐宣）王曰：'寡人有疾，寡人好货。'"

②水一方，《诗经·秦风·蒹葭》："所谓伊人，在水一方。"

题奕斋兄《雪鸿吟草》诗集后

清引出山泉，神游①物外②篇。

令名③人尽仰，何待以诗传。

①神游，谓形体不动而心神向往，如亲游其境。

②物外，世外。谓超脱于尘世之外。

③令名，美好的声誉。

奕斋夫妇，自美国海滨寄相片题后

俪影神山在眼前，一波推进一波传。
开函对我披襟唤，海上风来浪接天。

奕斋在美卧病看花，依韵奉和

樽中有酒不嫌贫，客邸①无花不算春。
解识惜花词客意，大家都是病中身。

①客邸，旅舍。唐唐彦谦《寄友三首》之一："别来客邸
空翘首，细雨春风忆往年。"

赠张振湘①先生

读到劬劳②恨不禁，真情至性感人深。
辨才傲骨高标格，每托微吟寄素心。

①张振湘（1923—2011），别号潇湘。湖南长沙人。其父早
逝，幼从祖父张翼之先生学习诗文。后长期从事财经工作，晚
年供职长沙民政系统。长沙诗人协会会员，长沙市书法家协会
会员。1980 年《湖南十家诗选》选录其诗词 20 首。
②劬劳，指父母抚养儿女的劳累。《诗经·小雅·蓼莪》：
"哀哀父母，生我劬劳。"

谢李君惠菊

李郎秋圃种烟霞，分入茅檐野老家。
莫放东篱秋色老，淡香和墨写黄花。

赠潘力生^①先生

一

潘鬓^②星星老谪仙，开云新种玉池^③莲。
名场纵博千金散，棋局饶人一着先。
创业不惭华夏裔，乐施争誉故人贤。
书来正值迎春日，分得甘霖润砚田。

二

拟买杭州五色丝，好裁云锦写新词。
历朝文物三湘盛，诗社声名四海知。
白首得偿偕老愿，青灯同忆读书时。
情深立雪传薪地^④，膏火^⑤新添劝学资。

①潘力生（1912—2003），湖南醴陵人。美洲中华楹联学会会长，世界四海诗社副社长，湖南旅美同乡会会长，著名楹联学家。晚年在长沙多处捐资助学。20世纪90年代，潘力生在美国曾以人民币30元一张作价收购胡六皆书法100张。胡府遂得购彩电一台。

②潘鬓，谓中年鬓发初白。晋潘岳《秋兴赋并序》："晋十有四年，余春秋三十有二，始见二毛（黑发间生白发）。"

③玉池，即仙池。

④立雪传薪地，北宋儒生杨时、游酢往见程颐，值颐瞑目久坐，二人等候不去，颐既觉，门外雪已盈尺。事见《宋史·道学传二·杨时》。后以"立雪"为敬师笃学之典故。传薪，传火于薪，前薪尽而火又传于后薪，火种传续不绝。语出《庄子·养生主》："指穷于为薪，火传也，不知其尽也。"此处指潘力生早年求学之湖南大学。

⑤膏火，指供学习用的津贴。《明史·杨爵传》："兄为吏，忤知县系狱。爵投牒直之，并系。会代者至，爵上书讼冤。代者称奇士，立释之，资以膏火。"

明真法师①灵塔

雾敛清风晓色开，群山环拥讲经台。
塔前风动双松影，疑是高僧拄杖来。

①明真法师（1902—1989），俗家名赵哲，出家后法名明真，号真慈。湖北荆门人。他幼年家境贫困，在破烂的庙宇中读私塾，庙宇的土墙和地面潮湿，使其足部因伤致残。曾任中国佛教协会副会长兼秘书长、北京法源寺住持，兼任中国佛学院副院长。1985年被选为湖南省佛教协会会长、长沙市佛教协会会长。

赠中行法师①

佛典精研色相②空，早磨慧剑③学屠龙④。
我来忘却回家路，南岳峰头一笑逢。

①中行法师，约20世纪60年代生人，湖南邵阳人。他四方云游，居无定所，经王镜宇先生在南岳福严寺介绍而与寓盦先生相识。

②色相，亦作"色象"，佛教语，指万物的形貌。《涅槃经·德王品四》："（菩萨）示现一色，一切众生各各皆见种种色相。"

③慧剑，佛教语，谓能斩断一切烦恼的智慧。语本《维摩诘经·菩萨行品》："以智慧剑，破烦恼贼。"唐白居易《渭村退居，寄礼部崔侍郎、翰林钱舍人诗一百韵》："断痴求慧剑，济苦得慈航。"

④屠龙，指高超的技艺、学问。《庄子·列御寇》："朱泙漫学屠龙于支离益，殚千金之家，三年技成，而无所用其巧。"宋陆游《登千峰榭》："一生未售屠龙技，万里犹思汗马功。"

登衡山看日出

一

盘纡石磴①岳峰巅，波沸云翻破晓天。
火色②庄严沧海静，梵钟③声里法轮④圆。

二

夜色将收曙色新，朱辉金镜绝微尘⑤。
何当寒谷消冰雪，借取遥天烈火轮。

①盘纡石磴，指回绕曲折的台阶。
②火色，像火一样的赤红色。

③梵钟，佛寺中的大钟。

④法轮，佛教语，比喻佛语。谓佛说法，圆通无碍，运转不息，能摧破众生的烦恼。释迦牟尼佛成道之初，三度宣讲"苦、集、灭、道"四谛，称为"三转法轮"。

⑤微尘，佛教语，常用以指极细小的物质。色体的极小者称为"极尘"，七倍极尘谓之"微尘"。

南天门

直上南天叩帝阍①，闲愁还逐暮云奔。

何如掷与西风去，吹落云中不着痕。

①帝阍，天门，天帝的宫门。

南岳纪游

一

石刻丰碑佛寺西，披云揽月蹑①天梯。

空门寂静无人过，闲着书丹史穆题。

二

看罢朝阳又暮霞，几曾雾掩与云遮。

老僧礼佛还多事，拥帚山门扫落花。

三

禅心诗境渺难寻，禅榻②难收入定③心。

怪底劳人④春梦重，一帘花影压孤衾⑤。

①跻，攀登，登上。

②禅榻，即禅床。

③入定，佛教语，谓安心一处而不昏沉，了了分明而无杂念。多取趺坐式。

④劳人，忧伤的人。《诗经·小雅·巷伯》："骄人好好，劳人草草。苍天苍天！视彼骄人，矜此劳人。"

⑤孤衾，一床被子，常喻独宿。

南岳观史穆先生书碑有赠

南岳大庙旧有康熙题御碑，毁于"文化大革命"，今倩史穆书丹重镌，史夫人扶持侍砚，白首情深，感而有作。

壁上碑高着力难，书生磨剑倚征鞍①。

若非佛地来天女，谁为拈花②捧砚看。

①征鞍，征马，指旅行者所乘之马。唐杜审言《经行岚州》："自惊牵远役，艰险促征鞍。"

②拈花，《五灯会元·七佛·释迦牟尼佛》："世尊在灵山会上，拈花示众，是时众皆默然，唯迦叶尊者破颜微笑。世尊云：'吾有正法眼藏，涅槃妙心，实相无相，微妙法门，不立文字，教外别传，付嘱摩诃迦叶。'"此为佛教禅宗以心传心的第一公案。后以"拈花"喻心心相印。

与内子同游南岳归家后适内子①七十岁生日

曙色鸡声警客眠，古稀来看日轮圆。

帨辰②早许朝山愿，法会同寻礼佛缘。

禅榻久酣煨芋③梦，灵泉新暖浴兰④天。

食贫虚累糟糠⑤老，安得重经七十年。

①内子，指妻子，即胡夫人侯泽辉（1921—2010），湖南长沙望城人，人称"胡六姥姥"，寿年近九十。胡六皆先生曾手书此诗，末句为"再乞人间二十年"，一语成谶。

②帨辰，女子生日。因古时生女之家，设帨于门右，故称之。

③煨芋，《宋高僧传》："唐衡岳寺有僧，性懒而食残，自号懒残。李泌异之，夜半往见。时懒残拨火煨芋。见泌至，授半芋而言：'勿多言，领取十年宰相。'"后以"煨芋"为典，多指方外之遇。

④浴兰，即"浴于兰汤"，用香草水洗澡。古人认为兰草避不祥，故以兰汤洁斋祭祀。

⑤糟糠，本指穷人用来充饥的酒糟、米糠等粗劣食物。《后汉书·宋弘传》："贫贱之知不可忘，糟糠之妻不下堂。"意谓富贵时不要忘记贫困时的朋友，不要抛弃曾和自己共食糟糠的妻子。后因以"糟糠"称患难与共的妻子。

贺周泽襄①先生八十

八十添筹②日，春随旧业③回。

不愁居处隘，赢得老怀开。

古砚磨人懒，新诗刻烛④催。

登堂祝偕隐⑤，留醉柏梁杯⑥。

①周泽襄（1915—2008），字克刚，别号策翁，书斋名乐轩。湖南湘潭人。湖南省书法家协会会员。幼年开始习字，被人誉为"神童"。从祖父周祖松读于私塾，从清举人湘潭楚介和著名学者黎培銮先生学习诗词书法。

②添筹，原谓长寿，后谓增年益岁，多用作祝寿之词。苏轼《东坡志林》卷二："海水变桑田时，吾辄下一筹，迩来吾筹已满十间屋。"

③旧业，指昔所从事的学业，学术。宋王安石《思王逢原三首》其三："中郎旧业无儿付，康子高才有妇同。"

④刻烛，比喻诗才敏捷。《南史·王僧孺传》："竟陵王子良尝夜集学士，刻烛为诗，四韵者则刻一寸，以此为率。"

⑤偕隐，一起隐居。出自《左传·僖公二十四年》："其母曰：'能如是乎？与汝偕隐。'"后人常用指东汉鲍宣、桓少君夫妇同归乡里的典故。

⑥柏梁杯，指酒杯。

《嘤鸣集》创刊十周年

谁抱鸣琴上古城，薰风[①]送响五弦[②]清。

离群秋雁时呼侣，食叶春蚕夜有声。

岂以虚名分取舍，共期直道答升平。

十年铁笔耕耘地，只计驰驱不计程。

①薰风，相传舜唱《南风歌》，有"南风之薰兮"句（见《孔子家语·辩乐》），后因以"薰风"指《南风歌》。

②五弦，古代乐器名。《韩非子·外储说左上》："昔者舜鼓五弦，歌《南风》之诗而天下治。"

赠戒圆法师[①]

潇洒随缘海鹤姿，来吟南岳纪游诗。

碧湖夜月如相忆，记取联床听雨时。

①戒圆法师（1926—1995），法名智能，号离执，湘潭人。十三岁在湘潭县西禅寺出家为僧，十八岁赴长沙县石峰寺随了意和尚受戒，后居南岳大善寺修行，曾受教于当代高僧巨赞、明真。1980年落实宗教政策，开福寺正式对外开放，戒圆法师长住开福寺方丈室。曾任湖南省佛教协会副会长兼秘书长、长沙市佛教协会副会长、开福寺寺管会主任。

赠常德烟厂

一

星火轻烟染袖时，芳香散与世人知。
试看临水芙蓉影，隐约风鬟雾鬓①姿。

二

香草丝丝卷作筒，桃花源上淡烟笼。
吐词真有如兰气，愿向烟城立下风。

三

不必牢愁②借酒浇，不愁茶渴饭难消。
臣心久已坚如铁，耐得烟熏与火烧。

①风鬟雾鬓，形容女子头发美丽。
②牢愁，忧愁，忧郁。宋刘克庄《次韵实之春日五和》之
二："牢愁余发五分白，健思君才十倍多。"

贺碧湖诗社①重开

城北访遗踪，来听古寺钟。
白云随野鹤，碧海卧潜龙。
名士才无敌，词臣笔吐锋。
骚坛谁继响，提椠②愿相从。

①碧湖诗社，湖南近代史上著名的文人诗社，成立于同治十三年（1874年）。曾文正公祠堂建成后，曾国璜向湘中一批负时望、有文名的高年耆宿发出邀请，请他们在竣工典礼上赋诗纪念。当日，湖湘俊杰云集星沙，畅谈军事，挥毫作诗，淋漓尽致。庆典结束后，雅人们意犹未尽，于是由郭嵩焘兄弟发起，成立诗社，定期聚会，吟诗作赋。诗社的第一次聚会选在城外开福寺前面的碧浪湖边，故诗社被命名为"碧湖诗社"。1989年6月15日，沈立人、黄曾甫、释戒圆、周松柏、伏家芬、张恩麟等人倡议复社，并印有社刊《碧湖诗选》。

②提椠，即怀铅提椠，指常带书写工具，以备书写的需要。《西京杂记》卷三："杨子云好事，常怀铅提椠，从诸计吏访殊方绝域四方之语。"

庚午六月十五碧湖诗社雅集①

古寺钟声送夕阳，碧湖流水落花香。
苔痕曲径留松影，分与诗人六月凉。

①此次碧湖雅集在庚午（1990年）6月15日，时值碧湖诗社复社周年纪念。

碧湖诗社复社二周年纪念①

学诗学佛学吹竽②，提椠怀铅访碧湖。
会得诗心与禅意，湖心深处有骊珠③。

①此次雅集在1991年。
②吹竽，谓滥竽充数。典出《韩非子·内储说上》："齐宣

王使人吹竽，必三百人，南郭处士请为王吹竽，宣王说之，廪食以数百人。宣王死，湣王立，好一一听之，处士逃。"南朝梁刘勰《文心雕龙·声律》："若长风之过籁，南郭之吹竽耳。"后亦用作自谦之词。

　　③骊珠，宝珠。传说出自骊龙颔下，故名。《庄子·列御寇》："夫千金之珠，必在九重之渊，而骊龙颔下。"

碧湖诗会限韵得"来"字吟成两绝[①]

一

　　倦鸟投林暝色[②]催，空门日夕向人开。
　　尘衫新染炉烟气，自觉身从净土来。

二

　　蝉声禅唱迭相催，唤起劳人倦眼开。
　　欲借灵泉洗茅塞，每因礼佛送诗来。

　　①此次碧湖雅集在壬申（1992年）7月23日，以"洞庭波送一僧来"分韵。分韵者有谭修、易祖洛、易仲威、刘世善、萧湘雁诸诗人。
　　②暝色，暮色，夜色。唐杜甫《光禄坂行》："树枝有鸟乱鸣时，暝色无人独归客。"

甲戌重九碧湖诗社邀集开福寺拈得"扫"字[①]

　　下笔不达意，读书悔不早。

努力爱春华，未死莫服老。

为听古寺钟，步出北门道。

佛亦不可说，我意无所祷。

政治与禅机，禅房共研讨。

未觉井梧寒，先藉秋风扫。

狂吟急救章，大书求正稿。

若非翰墨亲，那知交谊好。

碧月扬清辉，登高畅怀抱。

长歌归去来，微云澹晴昊。

①此次碧湖雅集在甲戌（1994年）重阳节，以郭嵩焘"为扫碧湖延胜侣"分韵。参与者有杨第甫、沈立人、黄曾甫、刘人寿、王邦美、周世昇、何光年诸诗友。

碧湖诗社雅集有作得"韵"字①

碧湖明月开妆镜，禅圃松声传雅韵。
清夜银河静欲流，天风浩荡妖氛静。

①此次雅集在乙亥（1995年）秋日。参与者有周世昇、宋怀芳、罗书慎、史鹏、刘瑞清、陶先淮、王俨思、何光年诸诗人。

楚风诗社①成立

阊阖②天阍③四面开，辎轩④驻马采风来。
玉壶朗彻三秋月，艺苑欣逢一代才。
诗债日增驴背⑤重，壮怀风发马蹄催。
看君高树骚坛帜，五凤楼⑥前斗柄回。

①楚风诗词书画社，成立于 1987 年 2 月，主管单位为湖南省人民政府参事室和湖南省文史研究馆，有社刊《楚风吟草》。

②阊阖，传说中的天门。《楚辞·离骚》："吾令帝阍开关兮，倚阊阖而望予。"

③天阍，天宫之门。

④辎轩，古代使臣乘坐的一种轻车。

⑤驴背，古人有骑驴索句，借指吟诗。

⑥五凤楼，古楼名。唐在洛阳建五凤楼，玄宗曾在其下聚饮，命三百里内县令、刺史带声乐参加。梁太祖朱温即位，重建五凤楼，去地百丈，高入半空，上有五凤翘翼。后喻文章巨匠为"造五凤楼手"。

赠孙诚刚先生

一

智珠①朗彻②禅心定，诗意禅心相印证。

形骸③犹是旧维摩④，病室独敲初夜⑤磬。

二

恩怨仇雠⑥两不论，海滨学府梦留痕。

画家若问孙怀说⑦，高卧朝阳第二村⑧。

①智珠，智慧圆妙，明达事理。唐张祜《题赠志凝上人》："愿为尘外契，一就智珠明。"

②朗彻，明白透彻。

③形骸，指外貌，容貌。明唐寅《感怀》："镜里形骸春共

老，灯前夫妇月同圆。"

　　④维摩，"维摩诘"的省称。在家的大乘佛教居士，是著名的在家菩萨。唐李商隐《酬崔八早梅有赠兼示之作》："维摩一室虽多病，亦要天花作道场。"

　　⑤初夜，也作"初更"，指晚上七时至九时。

　　⑥仇雠，亦作"仇仇"。指仇人，冤家对头。《左传·哀公元年》："（越）与我同壤而世为仇雠。"

　　⑦孙怀说，宋朝画家。任侠不事产业，善画道释、人物。

　　⑧朝阳第二村，即朝阳二村，在今长沙市芙蓉区朝阳路。

为墨华斋刘玉屏①书扇

一

车尘人影满长街，茧纸鹅笺②寄壮怀。

不许市声妨雅兴，小楼清绝墨华斋。

二

小阮③西湖载酒邀，邀君共饮醉春宵。

华灯细雨珍珠馆④，归梦如烟障不消。

三

茶烟香接麝煤⑤风，笔砚安排坐卧中。

为我素笺添色彩，印章温润印泥红。

　　①刘玉屏（1955—2003），字伯瑜，号逋盦居士。湖南省书法家协会会员，长沙市书法家协会副主席。原长沙五一文化用

品商场墨华斋经理。

②茧纸鹅笺，即蚕茧纸和鹅黄笺，皆书画用纸。

③小阮，晋阮咸。与叔父阮籍都是"竹林七贤"之一，世因称阮咸为"小阮"，后借以称侄儿。唐李白《陪侍郎叔游洞庭醉后三首》之一："三杯容小阮，醉后发清狂。"

④华灯细雨珍珠馆，寓盦自注：前年与亡侄慰曾同游西湖，雨夜买醉珍珠馆。

⑤麝煤，即麝墨。唐韩偓《横塘》："蜀纸麝煤添笔媚，越瓯犀液发茶香。"宋杨万里《送罗永年西归》："南溪鸥鹭如相问，为报春吟费麝煤。"

为邓朝晖先生书扇

一

生平高义为人谋，湖海归来倦远游。
残月晓星桐荫里①，好风吹上四层楼。

二

怜君身世再眠蚕②，看惯名场七不堪③。
棋局未终柯未烂④，只留笑柄佐清谈。

三

四方宾客慕高风，雅集挥毫一笑逢。
兽炭送添寒夜火，霜威消尽小炉中。

①桐荫里，邓朝晖寓居桐荫里四楼。

②眠蚕，指蚕蜕皮时进入休眠状态。

③七不堪，三国魏嵇康不满当时执政的司马师、司马昭等，司马集团的山涛推荐他做选曹郎，他表示拒绝，在《与山巨源绝交书》中列陈自己不能出仕的原因，说"有必不堪者七，甚不可者二"。后来诗文中把"七不堪"作为疏懒或才能不称的典故。唐孟浩然《京还赠张维》："欲徇五斗禄，其如七不堪。"

④柯未烂，南朝梁任昉《述异记》卷上："信安郡石室山，晋时王质伐木，至，见童子数人，棋而歌，质因听之。童子以一物与质，如枣核，质含之，不觉饥。俄顷，童子谓曰：'何不去？'质起，视斧柯烂尽，既归，无复时人。"后以"烂柯"谓岁月流逝，人事变迁。此处指时间未到。

题大雁塔①

雁塔风高八月秋，慈恩寺里旧曾游。
文章自古无凭据，何必题名在上头。

①大雁塔，在西安慈恩寺内。唐人中进士者在雁塔题名。

赠郑兆新①先生，用周世昇兄原韵

病起逢君九月三，药中苦味病中谙。
士林艺事凭谁问，憔悴人间郑所南②。

①郑兆新（1922—1993），郑家溉先生从堂侄，云南大学毕业。20世纪50年代初下海演京剧，工言派，"文化大革命"中受屈，齿落身残，衣食不周，被迫告别舞台。一子吸狗乳成长，呆笨。

②郑所南（1241—1318），即郑思肖，字忆翁，号所南，连江（今属福建）人。名与字、号皆宋亡后所改，寓不忘宋室之意，原名已不详。入元，居吴下，自号"三外野人"。善画墨兰，不画土根，以喻国土沦亡。

赠徐千里①先生

闻公姓字慕公贤，书札先联翰墨缘。
鲁艺文风新赤帜，延安气节旧青毡。
门墙桃李三千树，坛坫②春光七十年。
潇洒泉声松荫里，金秋丝竹碧云天。

①徐千里，先生爱好京剧，常在金秋堂主持演出。
②坛坫，指文坛上的领袖地位或其声望。

文物商店参观收藏书画并为题册页

残膏剩馥蠹鱼①餐，艺海乘桴眼界宽。
展卷忽惊前辈在，藏珍留与后人看。
鲛函②鹊印③收罗易，麝墨鸾笺④护惜难。
真本欲摹摹不得，只留点画入心刊。

①蠹鱼，虫名，即蟫，又称"衣鱼"，蛀蚀书籍衣服。体小，有银白色细鳞，尾分二歧，形稍如鱼，故名。唐白居易《伤唐衢二首》之二："今日开箧看，蠹鱼损文字。"
②鲛函，用鲛鱼皮做的铠甲。《文选·左思〈吴都赋〉》："扈带鲛函，扶揄属镂。"刘逵注："鲛函，鲛鱼甲，可为铠。"

③鹊印，金印。晋干宝《搜神记》卷九载，张颢得山鹊所化的金印，官至太尉。

④鸾笺，宋苏易简《文房四谱·纸谱》："蜀人造十色笺，凡十幅为一榻……然逐幅于方版之上研之，则隐起花木麟鸾，千状万态。"后人因称彩笺为"鸾笺"。

延安文艺座谈五十周年

一

先觉先知五十年，延安文艺至今传。
座谈指出光明路，经世文章第一篇。

二

延河风急羽书驰，五十年来入梦思。
盼到耆英①高会日，敢忘文艺座谈时。

①耆英，高年硕德者之称。唐司空图《太尉琅琊王公河中生祠碑》："宾筵备礼，耆英尽缀于词林；将略求材，剑戟自森于武库。"

题　扇

一

五凤楼高入紫微，冰壶仙露斗珠玑。
秋风催试涂鸦手，白发童生入棘闱①。

二

鲁鱼帝虎②误人多，雁阵横空夜枕戈。
学海秋高投笔去，墨池风静扣弦歌。

三

着眼偏高着手低，年年月落与乌啼。
良辰美景新题目，对酒当歌对景题。

四

一回书展一回新，四海论交翰墨亲。
返璞归真方识我，标新立异亦由人。

①棘闱，科举时代对考场、试院的称谓。
②鲁鱼帝虎，语出《意林》卷四引晋葛洪《抱朴子》："谚云：'书三写，鱼成鲁，帝成虎。'"按，今本《抱朴子·遐览》"帝"作"虚"。后因以"鲁鱼帝虎"称传写刊印中出现的文字错误。

奉和刘作标①先生游园

一

焦土荒凉话古城，高歌投笔死生轻。
貂裘弊后②思春暖，凫舄③来时趁晚晴。
落絮游丝飞有影，闲花细雨听无声。
知君留影还留念，警句遥联白发情。

二

楚炬秦灰④劫后城，超然出处片云轻。

浊醪长夜闲寻醉，淫雨兼旬苦望晴。

刀笔尚余金石癖⑤，江涛犹作鼓鼙声。

天涯知己无多在，记取陈蕃下榻⑥情。

①刘作标（1918—?），字百炼，一字展毕。湖南醴陵人。原肄业于北平铁路学院，后毕业于黄埔军校十六期。长期在部队工作，后解甲还乡，以诗书自娱。中国近代民主革命烈士宁调元之外甥。

②貂裘弊后，"弊"，破，败坏。唐代雍裕之《四色》："漆身恩未报，貂裘弊岂嫌。"

③凫舄（fú xì），《后汉书·方术传上·王乔》："王乔者，河东人也。显宗世，为叶令。乔有神术，每月朔望，常自县诣台朝。帝怪其来数，而不见车骑，密令太史伺望之。言其临至，辄有双凫从东南飞来。于是候凫至，举罗张之，但得一只舄焉。乃诏尚方诊视，则四年中所赐尚书官属履也。"后因以"凫舄"指仙履。唐骆宾王《饯郑安阳入蜀》："惟有双凫舄，飞去复飞来。"

④楚炬秦灰，楚炬，即楚人一炬，《史记·项羽本纪》："项羽引兵西屠咸阳，杀秦降王子婴，烧秦宫室，火三月不灭。"后因以"楚人一炬"概指此事。秦灰，指秦始皇所烧书籍的灰烬。

⑤金石癖，酷爱金石篆刻。

⑥下榻，谓礼遇宾客。后汉陈蕃为乐安太守。当时，郡人周璆是高洁之士，前后郡守召命莫肯至，唯蕃能致之。特为置

一榻，去则悬之。后蕃为豫章太守，在郡不接宾客，唯徐稚来特设一榻，去则悬之。见《后汉书·陈蕃传》及《后汉书·徐稚传》。

庆祝国际侨联名誉主席张国基①百岁大寿

四郊何处不烽烟，儒将横枪夜控弦。

铁马金戈惊虏帐，阵云秋水试龙泉。

功高博望乘槎日，人羡张苍饮乳年②。

愿借百龄眉寿③酒，化为霖雨润桑田。

①张国基（1894—1992），字颐生，湖南省益阳县（今资阳区）人，全国侨联主席，华侨教育家。1915 年考入湖南省立第一师范学校。1919 年加入毛泽东等创立的新民学会。1920 年，受新民学会派遣，远渡重洋，前往新加坡道南学校教书，并兼任华侨中学及南洋女中的教学工作。1922 年离开新加坡到印度尼西亚的爪哇，任北加浪岸中华学校校长五年。

②张苍饮乳年，谓长寿。张苍，汉丞相。《史记·张丞相列传》："……苍之免相后，老，口中无齿，食乳，女子为乳母。妻妾以百数，尝孕者不复幸。苍年百有余岁而卒。"

③眉寿，长寿。《诗经·豳风·七月》："为此春酒，以介眉寿。"

题浮香艺苑

松拂茅檐柳映堤，山花红紫树高低。

十分春色无人管，花片浮香过小溪。

赠李明宪先生

忆我年轻日，君才入学时。
投怀怜玉燕①，待饮洗金卮②。
霜老三秋夜，风高百尺枝。
请将云彩笔，裁剪入新诗。

①投怀怜玉燕，即玉燕投怀，五代王仁裕《开元天宝遗事·梦玉燕投怀》："张说母梦有一玉燕自东南飞来，投入怀中，而有孕生说，果为宰相，其至贵之祥也。"后作贺人生子的颂语。亦用于祝寿。

②金卮，即金制酒器。

天心阁览胜

胜日登临快宴谈，流离颠沛昔曾谙。
万家焦土生民苦，遍地胡尘战火酣。
起看星辰依斗北，重开楼阁屹城南。
望穷叠翠松杉路，暮霭①寒空锁古岚。

①暮霭，日暮时之云气。

毛泽东一百周年诞辰纪念

浊世谁敲醒世钟，睡狮初醒气尤雄。
重评历代编年史，力挽千钧射日弓。

御侮①独担天下任，开元升起国旗红。
空前事业长征路，百岁虽终路不终。

①御侮，抵抗外来侵略。

赠吴镇湘先生

才得逢君又别君，名园樽酒对斜曛①。
来朝回首湘江道，海上青山隔暮云。

①斜曛，夕阳余光。

衡阳管锄非①老先生托人索书惠瓶酒鲜荔枝并邮寄画梅

衡浦②人来雨夜中，瓷瓶淡雅荔枝红。
画梅远托邮筒寄，花不能言意早通。

①管锄非（1911—1995），字枕嶷，号梦虞，又号柔侠老人，斋名寒花馆。衡阳市祁东县人，著名画家，早年入长沙华中美专、上海美专、上海新华艺专求学，师从黄宾虹、徐悲鸿、潘天寿等名流。1942年回乡隐居作画。
②衡浦，衡阳。

为莫立唐①先生书扇

胸境宽闲步履徐，梧桐门巷四楼居。
时人争赏先生画，我独心仪斧劈书。

①莫立唐（1925—2016），字曙光，别号紫云翁、磨刀老人。湖南益阳桃江人。早年毕业于南京美专，师从现代著名画家、教育家高希舜。湖南省美协原驻会常务理事、中国美术家协会会员、湖南省书画研究院特聘书画家，1985年于湖南省文化馆离休。湖南美术出版社先后出版发行《莫立唐画集》《莫立唐书法艺术》《莫立唐作品集——写生画大观》。先生居局关祠梧桐巷四楼，自创斧劈书法。莫立唐先生谦逊好学，每到寓盒先生家中，于字纸篓中拾取废弃书作，每有喜色，曰："人弃我宝，得而学之。"自创"斧劈书"。

一九九四年喜作标兄莅长奉荫嘉兄召偕诸诗友游天心公园

名园装点菊花秋，气爽天高豁远眸。
青草去帘山路静，紫藤重荫石栏幽。
酒杯潦倒乾坤小，世路悠长日月流。
饭颗诗情沾丐①我，心随烟水逐闲鸥。

①沾丐，谓给人利益。《新唐书·文艺传上·杜甫传赞》："他人不足，甫乃厌余，残膏剩馥，沾丐后人多矣。"

同邓先成①兄及夫人游韶山

神仙眷属②老书家，联袂韶山玩物华。
阆苑双飞蝴蝶影，追香逐伴舞姿斜。

①邓先成（1928—2013），号蜀道行人。四川永川人。曾任

中国书法家协会理事、湖南省书法家协会副主席、湖南省直书画家协会主席，还是中华诗词学会会员、中国楹联学会会员、岳麓诗社副社长。1999 年、2000 年连续两次被中国文联等单位评为"全国百杰书法家"。出版有《邓先成书法集》《邓先成书法诗联集》《野草闲花集》。

②神仙眷属，指婚姻美满、感情和睦的夫妇。

和伏嘉谟①老韵

一

贾宅东山②下，编篱杂乱荆。
再来人有约，隔别海无情。
狡兔③思营窟，啼鹃不堵声。
凌云豪气在，犹是少年程。

二

凉风起天末，送爽到紫荆。
空谷来高咏，幽居通野情。
惠犹分远润，贫且盗④虚声⑤。
鹤侣⑥横江去，飞飞不计程。

①伏嘉谟（1912—1997），湖南湘阴人。毕业于国立湖南大学政治系。有《神鼎山房骈散文存》等多种著述，雅好制联。

②东山，《晋书·谢安传》载，谢安早年曾辞官隐居会稽之东山，经朝廷屡次征聘，方从东山复出，官至司徒要职，成为东晋重臣。又，临安、金陵亦有东山，也曾是谢安的游憩之地。后

因以"东山"为典，指隐居或游憩之地。唐王维《戏赠张五弟
諲》之一："吾弟东山时，心尚一何远！"

　③狡兔，语出"狡兔三窟"。《战国策·齐策四》："狡兔有
三窟，仅得免其死耳；今君有一窟，未得高枕而卧也。请为君
复凿二窟。"喻藏身处多，便于避祸。

　④盗，逃避。

　⑤虚声，虚名，虚誉。《韩非子·六反》："布衣循私利而
誉之，世主听虚声而礼之，礼之所在，利必加焉。"《后汉书·
黄琼传》："自顷征聘之士，胡元安、薛孟尝、朱仲昭、顾季鸿
等，其功业皆无所采，是故俗论皆言处士纯盗虚声。"

　⑥鹤侣，鹤伴。唐李端《奉和秘书元丞抄秋忆终南旧居》：
"凤雏终食竹，鹤侣暂巢松。"

长沙电视台十周年台庆

雨过银河①静，台高视野空。
荧屏传色相，电网覆苍穹。
撼地雷惊蛰②，经天气吐虹。
古城千万户，争颂十年功。

　①银河，晴天夜晚，天空呈现的银白色的光带。银河由大
量恒星构成。古亦称云汉，又名天河、天汉、星河、银汉。唐
李白《望庐山瀑布》："飞流直下三千尺，疑是银河落九天。"

　②惊蛰，二十四节气之一，在公历3月5日、6日或7日。
此时气温上升，土地解冻，春雷始鸣，蛰伏过冬的动物惊起活
动，故名。唐韦应物《田家》："微雨众卉新，一雷惊蛰始。"

题岳麓公园步虚楼

谁开楼阁白云中，揽月披襟唱大风①。

最爱雨余②山路净，松杉滴翠晚霞红。

①大风，汉高祖之《大风歌》。

②雨余，雨后。

赠陬溪①

动辄经年别，书来陋室春。

谨言文会友，厚重字如人。

同里②偏难见，离群便觉贫。

嘤鸣诗集在，时与故人亲。

①陬溪，宋槐芳先生号。

②同里，同居里巷。

偶　成

苦寒病酒暂停杯，书协杨君着意催。

字为新闻图片写，春随空谷足音①来。

好诗未必医贫贱，旧布还愁费剪裁。

一自迁居离闹市，笔床砚匣久生埃。

①空谷足音，在寂静的山谷里听到脚步声，比喻极难得到音信、言论或来访。《庄子·徐无鬼》："夫逃虚空者……闻人足音跫然而喜矣。"

与吕海阳①

我生何所好，惟好笔墨纸。
书画与装池②，互相为表里。
与君初相见，即日旧相识。
回访印染家，真有好颜色。
我来松竹斋，不见松与竹。
书画与家人，各占半间屋。
藉此四张纸，大书八十字。
写字何所难，难写心中事！

①吕海阳，长沙书画装裱师，松竹斋为其装裱工作室。
②装池，装裱古籍或书画。

与王镜宇①

君才二十三，我已七十四。
为结翰墨缘，留此数行字。
人每怜我衰，我不觉我老。
园蔬与村醪②，酣然畅怀抱。
我有礼佛心，谁能知我意。
药师③琉璃匾，长怀祝圣寺④。
尊重现在身，时乎不能再。
永远无尽期，永远有现在。

①王镜宇，1970 年生，中央党校在职硕士研究生，高级政

工师，中央编译局访问学者，湖南省第八、九、十届青联委员。1992年参加工作，曾挂职邵阳县委副书记、宁夏卫视总监，现为湖南广播电视台宣管部副部长、湖南省广播电视协会秘书长。

②村醪，村酒。醪，本指酒酿，引申为浊酒。宋陆游《今年立冬后菊方盛开小饮》："野实似丹仍似漆，村醪如蜜复如齑。"

③药师，即药师佛，全称药师琉璃光如来。能除生死之病，故名"药师"。

④祝圣寺，位于湖南省衡阳市南岳区南岳镇东街，距南岳庙半里许，是南岳六大佛教丛林之一。

赠易祖洛①

门前摇曳先生柳，牖下②萧然后死身。
设阱人窥玄豹③隐，忘机谁见白鸥④亲。
词华未肯随年减，诗句翻因入狱新。
地狱梦回成一叹，沐猴加冕⑤俨然真。

①易祖洛（1914—2002），字濬源，号仪屈翁。湖南湘阴人。少年从长沙杨遇夫、益阳曾星笠、宁乡刘寅先诸公游，学习诗古文辞。湖南大学毕业后，任抗日名将薛岳秘书。1948年从教，曾执教湘江中学。1981年调入湘潭大学历史系。有《易祖洛文集》。

②牖下，窗下。《诗经·召南·采蘋》："于以奠之？宗室牖下。"

③玄豹，比喻隐居伏处，爱惜其身，有所不为的人。后喻怀才畏忌而隐居的人。汉刘向《列女传·陶答子妻》："南山有

玄豹，雾雨七日而不下食者，何也？欲以泽其毛而成文章也，故藏而远害。"南朝齐谢朓《之宣城郡出新林浦向板桥》："虽无玄豹姿，终隐南山雾。"

④白鸥，语出"鸥鹭忘机"。《列子·黄帝》："海上之人有好沤鸟者，每旦之海上，从沤鸟游，沤鸟之至者，百住而不止。其父曰：'吾闻沤鸟皆从汝游，汝取来，吾玩之。'明日之海上，沤鸟舞而不下也。"指人无巧诈之心，异类可以亲近。后以比喻淡泊隐居，不以世事为怀。

⑤沐猴加冕，沐猴而冠，猕猴戴帽子。比喻外表虽装扮得很像样，但本质却掩盖不了。常用来讽刺依附权势、窃据名位之人。《汉书·项籍传》："人谓楚人沐猴而冠耳，果然。"颜师古注："言虽著人衣冠，其心不类人也。"

戏赠濬源兄

一

陌巷箪瓢奉版舆①，慈云深护北城居。
行吟寄意宜耽酒，偕老同心伴著书。
莫叹掷金②诗有价，偶思弹铗食无鱼③。
如何学海探骊手，只向墦间④乞祭余⑤。

二

卧游斗室广方舆⑥，城北徐公⑦此卜居⑧。
睡起苦寻新得句，劫归喜见未烧书。

张罗无奈冲天鸟，竭泽⑨为求入釜鱼。

不见牵牛⑩堂下过，庖丁⑪今也刃无余。

①版舆，一种木制的轻便坐车。

②掷金，即掷地金声。《晋书·孙绰传》："卿试掷地，当作金石声也。"形容辞章优美。

③食无鱼，《战国策·齐策四》："齐人有冯谖者，贫乏不能自存，使人属孟尝君，愿寄食门下……左右以君贱之也，食以草具。居有顷，倚柱弹其剑，歌曰：'长铗归来乎！食无鱼。'"后遂以"食无鱼"为待客不丰或不受重视、生活贫苦的典故。

④墦间，即墓地。

⑤乞祭余：谓向祭墓者乞求所余酒肉。后以"乞祭余"指乞求施舍。宋黄庭坚《清明》："人乞祭余骄妾妇，士甘焚死不公侯。"

⑥方舆，大地。《文选·束晰〈补亡诗〉之五》："漫漫方舆，回回洪覆。"李周翰注："方舆，地也。"

⑦徐公，战国时齐国的美男子。《战国策·齐策一》："城北徐公，齐国之美丽者也。"姚宏注："《十二国史》作徐君平。"后以为美男子之称。

⑧卜居，择地居住。《艺文类聚》卷六四引南朝齐萧子良《行宅诗》："访宇北山阿，卜居西野外。"唐杜甫《寄题江外草堂》："嗜酒爱风竹，卜居必林泉。"

⑨竭泽，排尽湖水捉鱼。比喻只图眼前利益，不作长远打算。《吕氏春秋·义赏》："竭泽而渔，岂不获得，而明年无鱼。"

⑩牵牛，即蹊田夺牛。《左传·宣公十一年》："抑人亦有

言曰：'牵牛以蹊人之田，而夺之牛。牵牛以蹊者，信有罪矣，而夺之牛，罚已重矣。'"指罪轻罚重。

⑪庖丁，厨师。《庄子·养生主》："庖丁为文惠君解牛。"成玄英疏："庖丁，谓掌厨丁役之人，今之供膳是也。"

赠师君侯①讲席

相见还嫌识面迟，古城五月落梅时。
时人隔海评翁婿，玉润冰清复在兹。

①师君侯，1938 年生，湖南长沙人。1962 年毕业于湖南师范学院中文系。后在湖南财经学院教书。湖南省书法家协会会员。

黄曾甫①先生有揽揆②之喜，哲嗣孚若世兄亦于是日授室③，易祖洛作序，以诗为贺

一

陵谷④沧桑任变迁，鲁灵光殿⑤独巍然。
麓山风雨湘江月，管领风骚⑥不计年。

二

雪压霜欺两鬓丝，风流儒雅亦吾师。
绘声真有传神笔，旧曲新翻杨柳枝。

三

油壁香车⑦隐走雷，箫声吹彻凤凰台。

恰逢阿父称觞⑧日，春酒同斟合卺⑨杯。

四

云想衣裳花想容，上元灯烛绛纱笼。

喜看膝下莱衣⑩舞，都是天孙⑪手自缝。

①黄曾甫（1912—2001），长沙人。实业家，文史专家。1935年于湖南大学毕业后，历任中学教员、隐储女校校长、《湖南戏报》主编等职。抗日战争初期任长沙市戏剧界抗敌后援会主席。1949年参加湖南和平起义。1950年任长沙市工商联筹委会秘书长，次年将所经营的湘中火柴厂捐献给长沙市人民政府生产教养院。后在市民政局、文化局任职。1957年被错定为"右派"，1978年平反。晚年从事文史研究，曾任长沙市政协文史委员会兼职副主任，是民建长沙市委顾问。著有《春泥馆随笔》。

②揽揆，生日的代称。揽，通"览"。吴梅《词学通论·概论四·明人词略》："庚寅揽揆，或献以谀词；俳优登场，亦宠以华藻。连章累篇，不外应酬。"

③授室，本谓把家事交给新妇，后指娶妻。语本《礼记·郊特牲》："舅姑降自西阶，妇降自阼阶，授之室也。"孔颖达疏："舅姑从宾阶而下，妇从主阶而降，是示授室与妇之义也。"宋朱熹《答吕伯恭书》："此儿长大，鄙意欲早为授室。"

④陵谷，即陵谷变迁。《诗经·小雅·十月之交》："高岸为谷，深谷为陵。"丘陵和山谷互相变化。指世事巨变。

⑤鲁灵光殿，汉代著名宫殿，在山东曲阜。比喻硕果仅存的人或事物。

⑥风骚，指《诗经》中的《国风》和《楚辞》中的《离骚》。唐贾岛《喜李馀自蜀至》："往来自此过，词体近《风》《骚》。"

⑦油壁香车，称妇女所乘油壁车。宋晏殊《寓意》："油壁香车不再逢，峡云无迹任西东。"

⑧称觞，举杯祝酒。

⑨合卺，古代婚礼中的一种仪式。剖一瓠为两瓢，新婚夫妇各执一瓢，斟酒以饮。后多以"合卺"代指成婚。

⑩莱衣，相传春秋楚国老莱子侍奉双亲至孝，行年七十，犹着五彩衣，为婴儿戏。后因以"莱衣"指小儿穿的五彩衣或小儿的衣服。着莱衣表示对双亲的孝养。南唐李中《献中书汤舍人》："銮殿对时亲舜日，鲤庭过处着莱衣。"

⑪天孙，指传说中巧于织造的仙女。

丙寅上元雅集①

欲泛银河浪接天，安居端不羡神仙。

桃樽②相与欢今夕，花市依稀忆去年。

何惜文章惊世早，每当名利让人先。

祝词不用冈陵③颂，自写新声手卷前。

①丙寅上元雅集，1986年上元黄曾甫75岁诞辰，正值谢梅奴从广州回长沙，胡六皆、马雪聪、刘世善、易祖洛、黄粹涵、周世昇等相聚于长春巷黄曾甫寓所。

②桃樽，指寿酒。

③冈陵，丘陵。《诗经·小雅·天保》："如山如阜，如冈如陵。"明王世贞《鸣凤记·严嵩庆寿》："筵开相府胜蓬莱，寿比冈陵位鼎台。"

寿黄曾甫先生八十

一

垂钓磻溪①莫问年，鸢飞鱼跃总超然。
烟笼寒水云辞岫，车走奔雷电作鞭。
疲马再寻黄叶路，闻鸥新续碧湖缘。
农时试上东塘②望，雨后秧针绿满田。

二

弱冠文章倚马成，碧鸡③词曲记行程。
盐车中阪④迁延重，轩冕⑤泥途舍受轻。
南极种星开寿域，上元刻烛⑥主诗盟。
风华莫放骚人老，晓日犹迎老凤鸣。

①磻溪，亦作"磻磎"。水名。在今陕西省宝鸡市东南，传说为周吕尚未遇文王时垂钓处。亦借指吕尚。

②东塘，时黄曾甫住在东塘附近的砂子塘梨子山长沙市工商联宿舍。

③碧鸡，汉王褒《碧鸡颂》的省称。《文选·刘孝标〈广绝交论〉》："骋黄马之剧谈，纵《碧鸡》之雄辩。"吕延济注："王褒为《碧鸡颂》，雄盛辩（辞）之谓也。"

④盐车，运载盐的车子。喻贤才屈沉于下。中阪，半山坡。《文选·宋玉〈高唐赋〉》："中阪遥望，玄木冬荣。"李善注："中阪之中，犹未至山顶也。"

⑤轩冕，古时大夫以上官员的车乘和冕服。晋陶潜《感士不遇赋》："既轩冕之非荣，岂缊袍之为耻。"

⑥刻烛，《南史·王僧孺传》："竟陵王子良尝夜集学士，刻烛为诗，四韵者则刻一寸，以此为率。文琰曰：'顿烧一寸烛，而成四韵诗，何难之有。'"后因以喻诗才敏捷。

潘力生先生八十双寿龈词①并序

(周世昇序，胡六皆诗)

夫敬教劝学，著于左传，杏坛授业，肇自尼山，吾炎黄苗裔所以顶天立地，光前裕后于无穷者，先圣先贤教育之功也，故古之学者，莫不以作育英才为己任，吾友潘力生先生亦然。

先生原籍湖南醴陵，其地倚慕阜而临渌江，山灵水秀代有才人。先生出自耕读之家，幼秉异质，五岁能属文，七岁属对，以出语挺拔惊大父，乡间长者，咸加称许，谓必有成，先生勤谨好学，初就读于长郡中学，丙子岁卒业于湖南大学商学系，以优异成绩留校任教。越数载，受聘赴重庆立信会计学校执教，并兼营会计师业务。时余适在渝为财政部小吏，与先生间有过从。甲申岁晏，湖大发生学潮，有李泽民等同学一行四人来渝请愿，所谋未成而行囊已尽，天寒地冻，将成饿殍。余为引见潘先生，即承解囊，赠以千金，其慷慨好义之举，至今思之，犹在心目。

逮乎乙酉，日本投降，我辈天各一方，鱼雁遂杳。先生自台湾迁美国，卜居纽约。四十年后归国省亲，并专程回母校湖南大学访旧，当即向学校捐赠助学金，供一百一十名学生学费，并受聘为名誉教授。闻对长郡中学亦有所贡献。足见先生重视教育，奖掖后生之热忱。先生谦恭好学，老而弥笃，曾先后向湖湘耆旧杨第甫、萧长迈、彭肇藩、黄曾甫、易祖洛、刘家传诸老请益，执礼甚恭，其敬业尊贤之高风，亦足为后学之楷模。

先生返校时，与少年知己成应璆②女史重逢，乃成晚岁结缡之喜，有情人终成眷属，一时传为佳话。先生长于联语，且孜孜不倦，数十年如一日，所撰楹联不下千首，都为一集，即将付梓。举凡国内外名山大川、古迹寺院，以及机关学校、名人学者皆有题赠，体例完备，文采翩翩，蔚为大观。夫人成女史工诗词，辄于先生联后系以华章，大吕黄钟，珠联璧合，堪称双绝。古之赵李，未必过之。兹值二老八十双寿之年，海内外词人多有祝嘏，我虽不敏，叨在知末，故亦略著所闻，为长者寿，并颂之以诗，诗云：

天风吹浮云，飘忽不自持。
人生亦若此，聚散难预期。
君昔乘桴去，西域索真知。
穷探经济学，纽约令名驰。
文物考真赝，玉石描瑕疵。
为争华裔光，商战不知疲。
行行四十载，故山萦梦思。
策马望国门，乘风下九嶷。

归心依学府，登台忆赫曦。
酣歌聚同学，拔草寻断碑。
清泉清可鉴，苦茗甘于饴。
忽忆芸窗事，高吟十马诗。
佳辰良足贵，往事若可追。
倒转飙风轮，还我少年时。
明灯笑相视，犹昔姣好姿。
但觉气如兰，浑忘鬓成丝。
但使两心坚，七十未为衰。
联语赠名胜，诗句相追随。
幅书寿而康，大笔何淋漓。
莲花濯清涟，明月照琉璃。
相将乘云去，清辉映云衣。
银汉会双星，尘襟迎凉吹。
慕君风谊高，感君迩合宜。
高名遍寰宇，倾酌任醇醨③。
布帛以御寒，菽粟以疗饥。
不忘读书地，聊赠膏火赀④。
以为桑榆福，兴学厉来兹。
霜根与幼苗，同沾雨露滋。
父老与儿童，共为祝期颐。

①睍词，祝福词。

②成应璆（1916—2000），湖南宁乡人，著名女诗人。与潘力生为湖南大学同学恋人，后潘力生去台湾。潘力生晚年回乡，二人结为夫妇。

③醇醨，亦作"醇漓"。厚酒与薄酒；酒味的厚与薄。宋王禹偁《北楼感事》诗："樽中有官酝，倾酌任醇醨。"

④膏火赀，指供学习用的津贴。

抗日纪事杂诗

一

觅子寻妻涕泪零，哭声凄切不堪听。
荒城落日无人问，认取衣裳血尚腥。

二

铁鸟①横飞弹雨抛，寒风冻雨哭荒郊。
伤心惨目当前景，断臂残肢挂树梢。

三

伏尸千里血盈城，狂犬贪狼武士兵。
者是血腥亡国地，杀人如草不闻声。

四

东邻残酷屠城手，上国轩昂志士头。
四亿人民同卫国，敢拼热血胜寒流。

①铁鸟，比喻飞机。

题湖南财政厅

一

新风改革九州同，国用军储计划供。
能与人民同致富，口碑争颂大司农①。

二

杏花红雨绿杨烟，占尽风光不费钱。
桃李无言春有信，时和物阜理财年。

三

春风春雨夜催花，开遍湖南百万家。
自有点金真妙手，不须金灶炼丹砂。

四

天际朱霞拥画楼，农时新绿满田畴。
但求好雨如人意，化作源头活水流。

①大司农，古代朝廷管理国家财政的官职，为九卿之一。此处代指财政厅。

浯溪^①杂咏

一

雨霁云收眼界开，摩挲石刻剥苍苔。
浯溪多少登临客，都为碑林宝墨来。

二

微茫云水接天光，诗境清幽曲径长。
胜迹尚留奇石在，低头先拜米襄阳^②。

三

谁开胜境识浯溪，石壁撑天削不齐。
口诵心摹何处好，度香桥畔水亭西。

①浯溪，指浯溪碑林，在湖南永州祁阳。
②米襄阳，米芾（1051—1107），名或作黻，字元章，号襄阳漫士、鹿门居士、海岳外史等。宋太原人，后徙襄阳，又徙丹徒，世称"米襄阳"。能诗文，擅书画，精鉴别。书法得王献之笔意，尤工行草。画山水人物多以水墨点染，自名一家。

永州杂咏

一

政苛蛇毒两堪哀，水远山长瘴不开。
今日永州逢盛世，可怜迁客①不重来。

二

愚溪②无复旧山庄，岁月催迁旧业荒。
何若甘棠留德政，永州山水护祠堂。

①迁客，指遭贬斥放逐之人。
②愚溪，水名。在湖南永州市西南。本名冉溪。唐柳宗元谪居于此，改其名为"愚溪"。

零陵九嶷山

一

郊原草色绿无涯，虞帝当年到处家。
摘取一枝红泪竹①，舜原峰下拜重华②。

二

山势巍峨插太空，谒陵遥仰五针松。
回头失却来时路，人在山环水抱中。

三

雾水源头绿满身，三分石下草如茵。

松声树影凉如水，消尽炎蒸洗尽尘。

①红泪竹，当地产红泪竹，传说为湘妃滴血泪于竹而成。

②重华，虞舜的美称。《尚书·舜典》："曰若稽古帝舜，曰重华，协于帝。"孔传："华，谓文德。言其光文重合于尧，俱圣明。"一说，舜目重瞳，故名。《史记·五帝本纪》："虞舜者，名曰重华。"

赠练霄鹤①先生

短褐②东篱耐薄寒，晚香三径③独凭栏。

看君意外传神处，恰我心中设想难。

笔墨新奇云水活，襟怀淡泊海天宽。

平生法眼夸精鉴，世路还须仔细看。

①练霄鹤（1926—2013），又名练肖河，字荫亭，号驼翁，又号镜斋。河南洛阳人，"星沙八老"之一。中国书法家协会会员，长沙市书法家协会顾问，湖南《老年人·书画精粹》顾问。工书法，善书论，精鉴赏，偶作花卉与篆刻。

②短褐，粗布短衣。古代贫贱者之服。晋陶潜《五柳先生传》："短褐穿结，箪瓢屡空，晏如也。"

③三径，亦作"三迳"。晋赵岐《三辅决录·逃名》："蒋诩归乡里，荆棘塞门，舍中有三径，不出，唯求仲、羊仲从之游。"后因以"三径"指归隐者的家园。晋陶潜《归去来兮辞》："三径就荒，松竹犹存。"

感 遇

一

沧海谁人钓六鳌①，红旗猎猎五星高。
能医积弱开新运，十亿人民气自豪。

二

奔驰快马斫营还，舒卷轻云出岫闲。
阆苑群仙挥洒处，偶抛珠玉落人间。

三

不爱南枝爱北枝，北枝好是受春迟。
湖湘词客题名日，也是高登雁塔时。

四

一肢虽废一身全，领略春光四十年。
欲报明时无弃置，弯弓犹恐缟难穿②。

①六鳌，神话中负载五仙山的六只大龟。
②穿缟，射破极薄的绢帛。比喻所向披靡，轻而易举。唐司空图《复安南碑》："动若摧枯，势踰穿缟。"

马踏湖

流惠农田十里渠，名山胜景古今殊。
勋名消歇烽烟散，留与人间马踏湖。

忆抗战

战火起东邻，何遑恤此身。
挥戈仇落日，浴血抗胡尘。
八载为戎首，千秋作罪人。
卢沟桥上月，历历证前因。

广告商标

广告商标巧构思，名牌商品斗风姿。
也同赛马生风日，夺得骑师①第一时。

①骑师，擅长骑术、从事赛马竞技的人。

庆祝抗日胜利五十年

一

回首沉沦日，开心胜利时。
宜将家国恨，说与子孙知。

二

庆祝胜利五十年，年年对月中秋节。
国难家仇记忆深，江河逝水军民血。

题北斗星大厦①

一

五千盆景属谁家，曲径回廊日易斜。
一瓣心香一盆景，一杯春酒一枝花。

二

秃笔何堪拔一毛，披襟把酒气粗豪。
酣歌忽发凌云想，大厦楼迎北斗高。

①北斗星大厦，在长沙城北伍家岭。

赠雷通鼎①老先生

一

长铗归来食有鱼，朝阳巷里水云居。
人间轶事供谈笑，天上浮云任卷舒。

二

接武联镳②胆气豪，楼船横海黑风高。

中山名册分明在，认取红场③旧战袍。

①雷通鼎（1903—1995），毕业于湖南大学。留学苏联莫斯科中山大学，与刘少奇、蒋经国同学。工程技术专家，家住长沙市朝阳巷。孙雷宜锌，为著名雕塑家。

②接武联镳，指相继而行。

③红场，位于俄罗斯首都莫斯科市中心。

友人携童年画像回洞庭

精锐走雷霆，波涛下洞庭。

云生磨镜石，风动护花铃。

速写童年相，征题座右铭。

他时若相忆，书画满长屏。

甲子新春赠王超尘①

八分②隶辨久知名，古朴清高迥绝尘。

祝愿青松长不老，松花香共墨花春。

①王超尘，1925年生。湖南津市人。中国书法家协会会员、湖南省书协顾问、湖南省文史研究馆馆员、深圳大学书法艺术研究所顾问。出版有《王超尘隶书》《王超尘书法选集》《王超尘书岳阳楼记》《王超尘书桃花源记》等。

②八分，汉字书体名。字体似隶而体势多波磔。相传为秦时上谷人王次仲所造。关于八分的命名，历来说法不一，或以为二分似隶，八分似篆，故称八分；或以为汉隶的波磔，向左右分开，"渐若八字分散"，故名八分。见唐张怀瓘《书断》。近人以为"八分"非定名，汉隶为小篆的八分，小篆为大篆的八分，今隶为汉隶的八分。

赠王超尘先生

笔花湘绣伴清癯，高洁三槐①处士居。

雪里贞松云外鹤，独超尘俗八分书。

①三槐，为王氏之代称。宋邵伯温《闻见前录·卷八》，宋王祐尝手植三槐于庭，曰："君子孙必有为三公者。"后其子旦果入相，天下谓之"三槐王氏"。

题中南工大

霜根①珍贮镂金篮，桃李无言色自酣。

正是阳春好烟景，文风岂止遍江南。

①霜根，白色的草木根，指经冬不凋的树木的根或苗。唐杜甫《凭韦少府觅松树子栽》："欲存老盖千年意，为觅霜根数寸栽。"

度假村湖心泛舟

笑脱征衫扑软红，临流洗耳憩游踪。

闲愁吹作浮云散，消受湖心四面风。

元宵在枫林宾馆为克初先生写条幅

枫林一楼月，星沙一市花。
倚栏一眺望，灯火万人家。

救灾义卖

洪水横流四野来，万家田舍一时摧。
何当疏导如人意，只利人民不作灾。

观音画像

南海水连天，寒江雪满船。
愿承功德水，遍种玉池莲。

赠　人

一

见说频年往事多，风华犹是未消磨。
何当绛蜡①银筝②底，消受樽前一曲歌。

二

江雨霏霏酿嫩寒③，名花只合护雕栏。
灯前笑说欢场事，只当浮云过眼看。

①绛蜡，红色的蜡。唐白居易《和微之春日投简阳明洞天五十韵》："柳眼黄丝颣，花房绛蜡珠。"

②银筝，用银装饰的筝或用银字表示音调高低的筝。唐戴叔伦《白苎词》："回鸾转凤意自娇，银筝锦瑟声相调。"

③嫩寒，轻寒。宋王诜《踏青游》词："金勒狨鞍，西城嫩寒春晓。"

长沙常德书法篆刻联展

桂花香里揖清芬，翰墨生辉石有文。
友谊诗情谁会得，武陵烟水麓山云。

日本茶道

今日初开眼界花，电炉活火煮新茶。
禅心茶道回甘味，静听松风饮落霞。

有人托颜家龙①送颜色纸数张，称是高级纸，名为送请试用，实为索字

一

忽复乘舟梦日边，鱼龙飞上衍波笺②。
谁将十幅砑光纸③，千里来寻翰墨缘。

二

挥翰何曾拔一毛，学书学画学风骚。

时人应笑涂鸦手，不及商场纸价高。

①颜家龙（1928—2012），湖南涟源市人。1948年肄业于中央大学艺术系。曾任湖南日报社美术组长、湖南师范大学美术学院教授、中国书法家协会理事、湖南省书法家协会主席等职。人民美术出版社出版有《颜家龙书法》，湖南大学出版社出版有《颜家龙尺牍书法》《得德楼文稿》。

②衍波笺，诗笺名。《诗话总龟》卷三四引宋王直方《直方诗话》："萧贯少时，尝梦至宫廷中……见群妇人如神仙，视贯，惊问何所从来？贯愕然，亦不知对。贯自陈进士，能为诗。中有一人授贯纸，曰：'此所谓衍波笺，烦赋《宫中晓寒歌》。'贯援笔立成。"林学衡《与菊吟夜话》："还将无限思，写与衍波笺。"

③砑光纸，砑光的笺纸，是雕版印刷花笺的前身。

赠蓝军

招提禅寺①写楼台，心法随缘着墨来。

放眼九州云海阔，千金挥手壮怀开。

①招提禅寺，原名建初律寺、招提寺，位于日本奈良县奈良寺五条町，始建于唐朝。

赠黄伟特

愧我挥毫写未工，怜君来去太匆匆。

十年戎马风尘客，留醉秋高气爽中。

为林业厅刘清望之父题

任重时艰不顾身，发扬家学板权新。

育林偏报传心法，绿叶成林荫后人。

台湾七君子以彭老为首欲来长沙，因年高未能成行

心灵声气远相联，隔海离群四十年。

为问七贤谁最长，慕名遥祝老彭篯[1]。

[1]彭篯，即彭祖。篯姓，又封于彭，故称。此处借代，指诗题中之彭老。

黄金城大酒家笔会

微风迎客送新凉，把盏挥毫翰墨香。

野色秋声谁画得，乱蝉高树满斜阳。

赠朱霞琳

东塘夜饮初相见，绿蚁红炉烛影斜。
玉立长身何所似，荷花清水映朱霞。

赠《共产党人》杂志

椒酒①金瓯②旭日红，新春烟景画图中。
甲兵③洗净巫山雨，开放迎来海峡风。

①椒酒，用椒浸制的酒。古俗，农历元旦向家长献此酒，以示祝寿拜贺之意。宋陈造《闻师文过钱塘二首》之二："椒酒须分岁，江梅巧借春。"

②金瓯，比喻疆土之完固。亦用以指国土。唐司空图《南北史感遇十首》之五："兵围梁殿金瓯破，火发陈宫玉树摧。"

③甲兵，指战争，战乱。唐杜甫《夜二首》之二："甲兵年数久，赋敛夜深归。"

绝　句

一

草庐新月映虚帏，惘怅君来我未归。
望尽洞庭湖上水，落霞遥逐锦帆飞。

二

洞庭湖上锦帆迟，秋水蒹葭系梦思。
尺素待随双鲤①去，天寒呵冻写新诗。

①双鲤，代指书信。纸张出现以前，书信多写在白色丝绢上，为使传递过程中不致损毁，古人常把书信扎在两片竹木简中，简多刻成鱼形，故称。"双鲤"典故最早出自汉乐府诗《饮马长城窟行》："客从远方来，遗我双鲤鱼。呼儿烹鲤鱼，中有尺素书。长跪读素书，书中竟何如？上言加餐食，下言长相忆。"唐韩愈《寄卢仝》："先生有意许降临，更遣长须致双鲤。"

题桂花公园

池边冻土潜生草，柳外流莺早报春。
柏叶香清新岁酒，桂花园里集嘉宾。

赠青莲教授

岂为闲游览物华，麓山学府老名家。
问君千里湘南路，搜得名山几树花。

赠王孟林①

品行端方艺事工，竹枝淡雅杏花红。
辋川②诗境临川③笔，都在王郎腹稿中。

①王孟林（1938—2015），湖南南县人。高级工艺美术师。中国书法家协会会员、湖南省文史研究馆馆员、湖南省美术家协会会员、湖南省书法家协会常务理事、湖南省直书画家协会顾问、长沙市书法家协会副主席。出版有《王孟林花鸟画辑》《王孟林书画作品》。

②辋川，即辋谷水。诸水汇合如车辋环辕，故名。在陕西省蓝田县南，源出秦岭北麓，北流至县南入灞水。唐诗人王维曾置别业于此。此处代指唐诗人王维。

③临川，指南朝宋谢灵运。谢曾任临川内史，故称。

赠风帆同志

感君珠玉和新篇，意远风高众口传。
不待夜阑明月尽，早能风正一帆悬。

《长沙晚报》创刊三十周年纪念

一

晚报流传百万家，华灯初上古长沙。
麓山瞭望春如海，桃李园中灿火花。

二

秋风吹老鼓鼙声，三十年来劫屡惊。
谁向市场勤采访，挥毫时作不平鸣。

赠颜雨辰①兄

识君敦厚识君贤，怜我清癯笑我偏。
人物新编三十六②，尽将赞语向人传。

①即颜震潮（1923—2018），字雨辰，号沧客，晚署辰翁。湖南湘阴人。曾任嘤鸣诗社副主编。中华诗词学会会员，湖南诗词协会会员，长沙市书法家协会会员。著有《雨辰吟草》《历代名家词选》。

②人物新编三十六，指颜震潮写给嘤鸣诗社朋友的三十六首诗。

癸亥三月赠谭秉言①同志

一

不能饮酒怕吟诗，况复衰年下笔迟。
今日花前同一醉，吟成还忆少年时。

二

同心人唱百年歌，心有灵犀电有波。
难得种花花解语，笔尖横扫剑横磨。

①谭秉言，1948 年生。现名谭秉炎，字隆山。湖南湘潭县人。擅长诗书画。湖南省文史研究馆馆员。中国书法家协会会员、长沙市书法家协会原主席。作品入选《当代中国书法作品集》《中日百人书法集》《中国美术书法界名人名作博览》。

湖南省工商银行成立十周年

活水源头自在天，谁开曲径引流泉。
莺飞草长天涯路，春到江南又十年。

中　秋

文星高照古潭州，湘水衡云一脉流。
碧海青天明月夜，金樽银管庆中秋。

亚平、正正贤伉俪新居之喜

一

群玉山①头琼树枝，春莺出谷日迟迟。
羡君新厦开筵日，难得椿萱②并茂时。

二

红旗区里雨初晴，画意诗情触绪生。
何用别寻安乐处，亚洲真正有和平。

①群玉山，传说为西王母居处。《穆天子传》卷二："天子北征，东还，乃循黑水。癸巳，至于群玉之山。"按，《山海经·西山经》："玉山，是西王母所居也。"

②椿萱，指父母。《庄子·逍遥游》谓大椿长寿，后世因以

椿称父。《诗经·卫风·伯兮》："焉得谖草，言树之背。"谖草，萱草。后世因以萱称母。"椿""萱"连用，代称父母。唐牟融《送徐浩》："知君此去情偏切，堂上椿萱雪满头。"

香港回归志喜

倒倾怒海逐狂鲸，港口红旗照眼明。
今日国门开庆典，敢忘城下百年盟。

义林世兄四十初度

诸郎共读夜窗前，瞬见筹添四十年。
已是飞腾驰令誉，还欣风貌未华颠。
石麟①入抱人争羡，玉燕投怀我亦怜。
香雾清晖虚幌影，城南路上月初圆。

　①石麟，即"石麒麟"，对幼儿的美称。《陈书·徐陵传》："时宝志上人者，世称其有道。陵年数岁，家人携以候之；宝志手摩其顶，曰：'天上石麒麟也。'"明何景明《相逢行赠孙从一》："石麟在天动鳞甲，赤凤排云生羽毛。"

丁卯重五

击楫①翻飞百尺澜，男儿怀抱海天宽。
是谁吟得惊人句，送与三闾②刮目看。

　①击楫，敲击船桨。指晋祖逖统兵北伐，渡江中流，拍击

船桨，立誓收复中原的故事。后亦用为颂扬收复失地统一国家的壮志之典。

②三闾，代指屈原。《后汉书·孔融传》："忠非三闾，智非晁错，窃位为过，免罪为幸。"李贤注："即屈原也，掌王族三姓，曰昭、屈、景，故曰'三闾'。"晋陶潜《感士不遇赋》："故夷、皓有安归之叹，三闾发已矣之哀。"

祝孔馥华①先生八十寿诞

大耋②瞻南极，云屏晚景开。
蕉窗闲作草，菊部③独依梅。
人比乔松寿，春随历荚④回。
登场调粉墨⑤，鸥鹭莫相猜。

①孔馥华（1916—1996），京剧名票。曾拜杨畹农为师，学习梅派青衣。后在正圆内燃机配件厂离休。刘书业教授、胡六皆先生赞誉孔馥华为"长沙梅兰芳"，诗中故有"依梅"句。

②大耋，古八十岁曰耋。一说指七十岁。故以"大耋"指老年人，或指高龄。

③菊部，宋高宗时宫中伶人有菊夫人者，人称"菊部头"。后以"菊部"为戏班或戏曲界的泛称。

④历荚，古代传说中的一种瑞草。它每月从初一至十五，每日结一荚；从十六至月终，每日落一荚，所以从荚数多少，可以知道是何日。一名蓂荚。《竹书纪年》卷上："有草夹阶而生，月朔始生一荚，月半而生十五荚；十六日以后，日落一荚，及晦而尽；月小，则一荚焦而不落。名曰蓂荚，一曰历荚。"

⑤粉墨，演员化妆用的白粉与黑墨。代指演戏化妆。

浣溪沙·孔馥华先生八十大寿诞

月下仙衣立玉山，石榴花发映朱栏，金樽檀板①伴人间。闲却当年歌咏地，只携玉树一株还，春风香到锦衣斑。

①金樽檀板，拍檀板歌唱，以金樽饮酒助兴。比喻生活悠闲。

朝中措·孔馥华先生八十大寿诞

蓬山顶上谪仙人，冰骨冷无尘。寿骨自然清瘦，歌声依旧清醇。

天开寿域①，人逢寿日，宾馆迎宾。把酒看君痛饮，挥毫更觉精神。

①寿域，谓人人得尽天年的太平盛世。《汉书·礼乐志》："愿与大臣延及儒生，述旧礼，明王制，驱一世之民，济之仁寿之域，则俗何以不若成、康？寿何以不若高宗？"

鹧鸪天·沈绍禹先生①八十寿诞

银烛秋光七夕余，乘槎来访沈归愚②。幽兰丹桂同凝露，秋水南华③静读书。

心淡泊，貌清癯。苏家巷里有新居。好将八十耆年会，画作金婚举案图。

①沈绍禹（1916—?），湖南长沙人。1937年毕业于上海工

业专科学校。曾任九三学社长沙市委副主委、名誉主委，湖南省经济对外建设委员会顾问。

②沈归愚，即沈德潜（1673—1769），清江苏长洲人，字确士，号归愚。乾隆元年（1736 年），以廪生试博学鸿词。乾隆四年进士。授编修，累迁侍读、左庶子、侍讲学士、日讲起居注官、内阁学士，官至礼部侍郎。

③秋水南华，《秋水》是《庄子》中的长篇，后人称庄子为"南华真人"。

鹧鸪天·赠刘迪耕①先生

小苑栽花竹作篱，清癯雅称岁寒姿。情生好梦常贪睡，老尚多情学卖痴。

人半醒，柳垂丝。一丘一壑寄相思。意中春色真堪画，犹恐新装不入时。

①刘迪耕（1915—2013），亦名迪公，湖南长沙人。早年勤习古人画卷，14 岁受业于著名画家雷恭甫，20 世纪 30 年代毕业于华中艺专，长年从事国画创作和教学。湖南省文史研究馆馆员、湖南省美术家协会会员、江苏淮安画院名誉院长、台湾《中国美术》杂志永久顾问。

楹联

集句联

一

流云吐华月^①；
积雪明远峰^②。

二

明月松间照^③；
孤鸿海上来^④。

三

开轩面场圃^⑤；
倚石听流泉^⑥。

四

已被秋风教忆鲙^⑦；
每逢佳节倍思亲^⑧。

五

月明松下房栊静^⑨；
窗近花阴笔砚香^⑩。

六

旧业已随征战尽^⑪；
乡音无改鬓毛衰^⑫。

七

自是君身有仙骨⑬；
愿借辩口如悬河⑭。

①集自唐韦应物《同德寺雨后，寄元侍御李博士》。
②集自唐李白《酬坊州王司马与阎正字对雪见赠》。
③集自唐王维《山居秋暝》。
④集自唐张九龄《感遇十二首》。
⑤集自唐孟浩然《过故人庄》。
⑥集自唐李白《寻雍尊师隐居》。
⑦集自唐张南史《陆胜宅秋暮雨中探韵同作》。
⑧集自唐王维《九月九日忆山东兄弟》。
⑨集自唐王维《桃源行》。
⑩集自宋末元初黄庚《书馆》。
⑪集自唐卢纶《晚次鄂州》。
⑫集自唐贺知章《回乡偶书》。
⑬集自唐杜甫《送孔巢父谢病归游江东兼呈李白》。
⑭集自唐韩愈《石鼓歌》。

赠刘书业①先生

陋巷春风穷教授；
茂林秋雨病相如。

靳源评：两句话把刘先生写得活龙活现，恰如其分。

①刘书业，字孟闲。渌江诗人。

集句赠易祖洛先生

一

开襟坐霄汉[①]；
飞剑决浮云[②]。

二

纵酒已无年少梦[③]；
开篇时与古人游[④]。

三

彩笔昔曾干气象[⑤]；
青袍今已误儒生[⑥]。

[①]集自唐宋之问《登禅定寺阁》。

[②]集自唐李白《古风》。

[③]集自宋陆游《新秋》。

[④]集自宋陆游《晴甫一日复大风雨连日不止遣怀》。寓盦先生书赠此联时，改"编"为"篇"。

[⑤]集自唐杜甫《秋兴八首》（其八）。

[⑥]集自唐刘长卿《送严员外》（一作李嘉祐诗）。

集句赠方潜明①先生

出淤泥而不染②；
处涸辙以犹欢③。

靳源评：方公年八十，拾垃圾为生，而志行高洁，博读靡疲，既工诗词，又擅蟹文，一生豁达，与世无争，而处涸辙以犹欢者。

①方潜明（1912—2015），又名加本，自号懒翁、蛮腔先生。笔名河水、壬子。湖南临湘人。早年就读于北师大、燕京大学、青岛大学，曾任职于协和医院。抗战时期在贵阳花溪清华中学当过国文教师，后又工作于艺芳中学。因学习工作之便，得识林语堂、沈从文、闻一多、程应镠。曾随马思聪学琴。有《蛮腔集》，密不示人。

②集自宋周敦颐《爱莲说》。

③集自唐王勃《滕王阁序》。

集句赠史鹏①先生

开襟坐霄汉②；
挥翰赏云烟③。

①史鹏（1925—2019），字翼云，别署矢蓬。湖南长沙人。曾任湖南省诗词协会副会长、中华吟诵学会专家委员会委员、湖南吟诵学会会长、中南大学特聘教授、中南大学吟诵基地首席专家。长沙市嘤鸣诗社早期社员，书法家史穆先生胞弟。

②集自唐宋之问《登禅定寺阁》。

③集自唐李白《留别广陵诸公》。寓盦先生书赠此联时，改"凌"字为"赏"字。

集句赠徐佩①先生

古木含新色②；
烟霞老此人③。

①徐佩（1917—1998），字子柏，江西省金溪县人。其父系清朝秀才，办私塾授业为生。1964年任湖南省人民委员会参事室秘书，1989年任湖南省人民政府参事。工诗词。

②集自唐储光羲《泛茅山东溪》。寓盦先生书赠此联时，改"草"字为"古"字。

③集自唐刘长卿《赠秦系征君》。

赠女伶亚南

细柳新蒲为谁绿①；
人面桃花相映红②。

①集自唐杜甫《哀江头》。

②集自唐崔护《题都城南庄》。

集句赠楚望霓①先生

似夜光之剖荆璞②；
若大旱之望云霓③。

①楚望霓，1936年生，湖南湘潭县人。曾任《湖南广播电视报》副总编辑。

②集自西晋潘岳《藉田赋》。荆璞，春秋楚人卞和得璞玉于荆山，剖琢而为宝玉。后以"荆璞"比喻优秀卓异的人才。

③集自战国《孟子·梁惠王下》。云霓，下雨的征兆。

集句嵌名赠成五一①

五更晓色来书幌②；
一片冰心在玉壶③。

①成五一，1956年生，湖南宁乡人。先后就读于广西艺术学院、清华大学美术学院，中国艺术研究院研究生。居京多年，一直从事"古镇画乡"课题研究。现任文化部中乡办传统文化保护部副部长、中国国画创作研究院院长。

②集自宋苏轼《雪后书北台壁二首·其一》。书幌，即书帷，亦指书房。

③集自唐王昌龄《芙蓉楼送辛渐》。

集句赠八一

八骏日行三万里①；
一封朝奏九重天②。

①集自唐李商隐《瑶池》。
②集自唐韩愈《左迁至蓝关示侄孙湘》。

集句赠仰之①

白云抱奇石②；
细雨湿流光③。

①仰之，罗冈字，1975 年生，湖南长沙人，中国民主同盟盟员。书法、诗词得胡六皆先生亲炙。现为湖南省文史研究馆特约研究员，中华诗词学会会员，中华吟诵学会会员，湖南省书法家协会会员，《湖南诗词》《岳麓诗词》副主编、《嘤鸣》主编、《长沙诗词》副主编，湖南省岳麓诗社副社长、长沙市嘤鸣诗社副社长、长沙市诗词协会副会长。著有《挽联概说》，参编《大学书法艺术与品鉴》《美育——长沙地方综合美育课程》。

②集自唐骆宾王《赋得白云抱幽石》，寓盦先生书赠此联时改"幽"字为"奇"字。

③集自五代南唐冯延巳《南乡子·细雨湿流光》。

集句赠其章先生

钓竿欲拂珊瑚树①；
日月照耀金银台②。

①集自唐杜甫《送孔巢父谢病归游江东兼呈李白》。
②集自唐李白《梦游天姥吟留别》。

自题新居

蒲觞[1]开寿酒；
杏苑起新居。

[1]蒲觞，端午节喝的菖蒲酒，可除瘟疫之气。亦代指端午。

赠靳源兄

意存汉隶书能古；
诗合唐音自不知。

题雁塔联

人到凤池[1]身价贵；
名题雁塔墨花香。

[1]凤池，凤凰池之省称。唐以前指中书省，唐以后指宰相之职。

集句甲戌（1994 年）春联

春风又绿江南岸[1]；
夜雨新添太液波[2]。

[1]集自宋王安石《泊船瓜洲》。
[2]集自元王蒙《宫词》。

星沙颂联

龙喜[①]旧城，田野划成今道路；
星沙新镇，楼台犹带古烟霞。

①龙喜，长沙县古名龙喜。

赠宋槐芳老先生

能以直言敦友谊；
最难古道合时宜。

赠颜震潮先生

静对炉香思古篆；
闲收烟景入新词。

赠杨得云[①]先生

磨刀欲试娲皇石[②]；
奋笔能补麓山碑[③]。

①杨得云（1917—1992），名伯子，以字行。晚号渊默斋主人。湖南湘阴人。长沙大火后，田汉函荐任第九战区政治部《阵中日报》记者。先后在《大公报》《晨报》《小春秋报》《湖南晚报》及中国新闻社任记者、特派员、采访主任、编辑等

职。"文化大革命"下放劳改，1986年后居汨罗。精鉴定，工篆刻、诗词。彭汉怀函徐悲鸿，称其为"吾湘奇士"。其书法曾获得第一届"屈原杯"文艺创作奖。其弟子周漾澜所编《中国篆刻百家·杨得云》传世。

②娲皇石，即女娲石。古有女娲氏炼五色石补天的传说，后人因把色彩异常的石头叫作女娲石。

③麓山碑，即唐李邕书《麓山寺碑》，今在岳麓书院。杨得云先生1982年受聘主持《麓山寺碑》的修复工作。

赠周漾澜[1]

放笔似水云荡漾；
骋怀生学海波澜。

[1] 周漾澜（1964—2023），湖南宁乡人。杨得云先生之弟子，后入画坛宗匠欧阳笃材、曾晓浒两先生门墙，主攻花鸟、山水。曾为湖南省美术家协会会员、湖南省书法家协会会员、长沙市花鸟画家协会副主席、长沙大学书法协会主席等。出版有印学文集《左文右印》及个人画辑多种。

赠黄迎宏

崎岖观世道；
忧患悟人生。

赠杨远征①

远水连天白；

征旗出日红。

①杨远征，1953 年生于湖南省平江县，号良源，书画家。
中国书法家协会会员、湖南省书法家协会秘书长、中国书法家
协会刻字委员会委员、国家一级美术师。

赠石山

看云静坐溪边石；

泼墨新成雨后山。

赠台湾友人联

万里风帆台岛北；

一洲霜橘洞庭南。

建国四十周年大典征联

四十年旋转乾坤①，喜玉宇风清，廉泉水暖；

一千万平方公里，看金瓯月满，海峡帆归。

①旋转乾坤，犹言回转天地，形容力量之大。

题天心阁①

我辈复登临，总难忘四野哀鸿，一城焦土；
天公重抖擞，正奋发九州生气，三楚雄风。

靳源评：伤往事，励来兹；多于情，胜于理；无一字无脚落。登高阁，诵此联，令人低回不能去云。

①题天心阁联初稿为："我辈复登临，总难忘四野哀鸿，一城焦土；风骚谁管领，莫辜负春回柳眼，月到天心。"

题天心阁迎曦亭

故城自有千秋意；
峻节①能牵万古情。

①峻节，高尚的节操。

题民俗村萝架

西窗画稿藤萝月；
南浦春波柳絮风。

题民俗村竹廊

霜痕月色秋容淡；
帘影蝉声午梦凉。

赠罗冈

风霜高洁；
冰雪聪明。

赠植谋

植树莫叹生长慢；
谋生常笑世人忙。

赠彩卿老先生

偶从笔墨瞻风彩；
早有声华动客卿。

赠宗干先生

神彩映冰壶秋月；
足迹遍名山大川。

赠孔小平[①]

放开怀抱乾坤小；
通达人情意气平。

①孔小平，1957 年生。艺名安处。湖南长沙人。现为中国

书法家协会会员、中国书法家协会硬笔书法工作委员会委员、湖南省画院特聘书画家、湖南省书法家协会副主席、湖南省文化艺术基金会副主席、湖南省文化促进会理事、长沙市书法家协会主席。孔馥华先生哲嗣。

柯孙①参加工作书联以勉

白发慵书②忘我老；
青云立志望孙贤。

①柯孙，即胡六皆先生次子胡向真之子胡柯。
②慵书，平庸之书。

金博公司补壁

金风碧月疏梧影；
博学宏词大雅才。

毛泽东诞生一百周年纪念

五千年古老文明，从新辩证；
一百岁光辉道路，继续长征。

赠雪林法师①

洁同冰雪；
志在山林。

①雪林法师，南岳僧人。1989 年，王镜宇陪胡六皆先生去南岳避暑而与之相识。

赠大岳法师①

大泽龙潭留足迹；
岳云湘水证禅心。

①大岳法师，俗名兰贵文，1963 年 1 月 1 日出生，湖南茶陵人，1982 年于南岳祝圣寺出家，礼明真法师为师，1988 年毕业于中国佛学院。第十届全国人大代表、第十一届湖南省政协常委、中国宗教界和平委员会委员、南岳区人大常委会副主任、湖南省佛教协会副会长、衡阳市佛教协会会长、南岳佛教协会会长、南岳福严寺方丈，兼任桂林栖霞禅寺住持。

赠谢友桃①

画图喜结丹青友；
玉尺新量醉墨桃。

①谢友桃，1965 年生，湖南益阳南县人。早年于长沙新宝斋学习书画装裱。1994 年创办宝艺斋书画装裱店。

自挽联

何用衣棺，烧却文章烧却我；
饱经忧患，不曾富贵不曾穷。

挽周昭怡①先生

孤桐②百尺耐高寒，当年咏絮②词华，湘水弦歌空向往；
除夕一樽成永别，明日落梅时节，京都书展待谁开？

靳源评：其词婉约，其情悱恻。既痛逝者，复伤摇落；真个催人泪下。

①周昭怡（1912—1989），湖南长沙人。中国书法家协会理事、中国书协湖南分会主席。1986年9月，随中国书法家代表团访日，蜚声海外。她的成就编入《华夏女名人词典》。曾为民进湖南省委常委，第一、二、三、四届湖南省政协委员，第五届湖南省政协常委。

②孤桐，高大的梧桐。

③咏絮，指女子工于吟咏，有非凡的才华。晋王凝之的妻子谢道韫，聪明有辩才。叔父谢安寒雪日尝内集，天骤雪。安曰："白雪纷纷何所似？"兄子朗曰："撒盐空中差可拟。"道韫曰："未若柳絮因风起。"见《世说新语·言语》。后因称女子之能文词者为"咏絮才"。

挽曾宪枢①先生

麓山风雨育英才，得失负初心，经济文章皆罪业；
古巷夕阳荒旧宅②，死生违一面，金樽檀板哭知音。

①曾宪枢（1911—1994），曾国荃后人，毕业于湖南大学经济系。喜爱京剧，精研音律。

②旧宅，指曾宪枢古稻田住宅贱售于人。

挽　弟①

同胞垂老剩三人，后死我何堪，旧梦幻残蝴蝶影；
握手临危无一语，唯怜君最小，西风吹冷鹡鸰原②。

①胡六皆先生同胞七人，最小者为其弟胡跨釜。
②鹡鸰原，即鹡鸰在原。《诗经·小雅·棠棣》："脊令在原，兄弟急难。"比喻兄弟友爱。

挽张剑鸣先生

沧桑话旧，风雨论交，三十年厚谊深情，傲骨允为同辈少；

元夜灯残，湘江流远，六四载高标亮节，遗言愿共屈原游①。

①遗言愿共屈原游，张遗嘱将其骨灰撒入湘江。

挽杨得云先生

读书常恨古人多，落拓不羁才，谁谱湖湘奇士传？
遗匣尚留金石在，寂寥垂暮境，来依汨水屈原祠。

挽孔馥华先生

卧病我来迟，与君邻里相依，夜雨秋灯谈逸事；
登堂人不见，太息晨星寥落，金樽檀板哭知音。

附录

一、友朋题赠、唱和

◎易祖洛

赠胡君六皆

绮岁才情狂杜牧，梦回胡舞白题斜。

老来病手书尤妙，危苦诗成句自华。

我昔命如当径草，君今心赏傲霜花。

逍遥同小人间世，茗肆随缘一出家。

穷极偶鬻诗文，老友胡君六皆寓盒投诗以讽，赋答

荷道终惭未敢舆，怀铅休认子云居。

君披肝胆徒怜我，我惯穷愁不著书。

举案人能才一饭，卧冰谁见跃双鱼。

路旁无复黔敖食①，忍向鸥鸮②乞饿余。

①黔敖食，原指悯人饥饿，呼其来食。后多指侮辱性的施舍。《礼记·檀弓下》："齐大饥。黔敖为食于路，以待饿者而食之。有饿者蒙袂辑屦，贸贸然来。黔敖左奉食，右执饮，曰：'嗟！来食！'扬其目而视之，曰：'予唯不食嗟来之食，以至于斯也！'从而谢焉，终不食而死。"

②鸥鸮，通"鸥枭"，喻奸邪之人。

◎陈子定

连日茗谈甚欢，赋调寓盦兼质易祖洛、周世昇二老

一

览胜吴中韵事添，幽情健步老犹兼。

闲云偶尔无心出，妙谛由来信手拈。

好润江山皆翰墨，休耽风月避针砭。

瓯香领略清时味，雅谑忘形谅不嫌。

二

身退悬知雅兴添，广文三绝①欲双兼。

交欢若饮醇醪醉，虚誉犹劳锦字拈。

恕我狂言滋我愧，酬君俚句待君砭。

索居②但愿能常见，莫逆③都无芥蒂④嫌。

①广文三绝，指唐朝郑虔（691—759），擅长诗、书、画。曾任广文馆博士，故称"广文先生"。

②索居，指孤独地散处一方。

③莫逆，志同道合，交谊深厚的朋友。

④蒂芥，指积在心中的怨恨、不满或不快。

◎周世昇

酬寓盦先生茗肆见赠

三十三年剩此身，归来犹是旧时人。
左书一纸情如许，不减香山①笔下春。

①香山，白居易，字乐天，号香山居士，唐代诗人。

论书寄胡六皆兼呈易大仪屈

心有灵犀方下笔，字无碑意莫称家。
试攀羲献存风韵，也觉苏黄取势斜。
陶冶性情师造化，优游典籍咀英华。
从知书品如人品，千古相传信不差。

胡六乔迁有赠①

一

春风夕照雨余天，豹隐南山古寺前。
家在杏花深处住，红尘不到白云边。

二

翛然鹤叟古风姿，文弱身躯慎护持。
桂馥兰芳眉寿侣，更逾耄耋度期颐。

①胡公购宅卜居城南冬瓜山杏花苑，其地旧有金刚禅院、白云庵，是蓝伽净土。

寓盦报恙即寄

别后思君独倚栏，黄花未似百花残。

霜天极目银河远，雨夜关心病榻寒。

早有书名传海外，贯听珠玉落冰盘。

鲸涛过后行舟稳，相约春明到碧滩。

◎李伏波

戏赠胡六

一部聊斋熟读时，鬼狐情调令人痴。

古稀犹自怀青凤，为问香魂知不知。

戏答胡六老倌①

日日千金卖字归，而今不管是和非。

更缘疏懒情如故，便说春莺不敢飞。

①著名书法家胡六皆先生，为规避和诗，乃书宋人诗："冥鸿直上三千丈，社燕春莺不敢飞"句以致作者。

再戏答胡六

著意将寒菌①，撩人思故乡。

屠门②未可嚼，笔底尚留香。

二律凭胡说，三坟诳李郎。

此诗如不和，飞檄③到湖湘。

①著意将寒菌，来书大谈寒菌，勾我乡情；并胡言胡说八十字以代二律，非诳我而何？(作者自注)

②屠门，肉铺，宰牲畜的地方。

③飞檄，飞送檄文，喻急迫之情。

寄寓盦

杏花苑里报书迟，直见闲云醉卧时。

不是春莺飞不得，唱酬偏借古人诗。

寓盦有赠步韵奉酬

历尽沧桑返夕晖，生涯久已弃戎衣。

只缘识得骚坛客，息羽潭州未欲飞。

次韵答杏花苑胡六

卖字千金不为贫，笔中精气可回春。

静观天下沧桑事，杏苑清修百岁身。

答寓盦立春次日雅集见寄兼呈诸友

春到杏花苑，郇厨[①]吐异香。
客来怜白发，岁始爱青阳[②]。
投辖[③]人宜醉，传书[④]路更长。
乡音未忍读，者次不轻狂。

①郇厨，唐代韦陟袭封郇国公，厨食奢靡，人称"郇公厨"。后以"郇厨"为誉人膳食精美之词。

②青阳，指春天，《尔雅·释天》："春为青阳。"

③投辖，《汉书·陈遵传》："遵耆酒，每大饮，宾客满堂，辄关门，取宾客车辖投井中，虽有急，终不得去。"辖，车厢两端的键，去辖则车不能行。后来诗文中常以"投辖"为主人留客的典故。

④传书，传递文书。

八十初度正逢端阳节寄寓盦兼呈诸友

古稀不足道，八十过端阳。
梓里思联袂，天涯枉断肠。
寓盦何瘦损，子柏尚昂扬。
记取三年约，相期会故乡。

◎刘勉之

敬酬六皆先生寄赠墨宝两首

一

橡笔挥来一室春，感君书法魏秦人。
海天万里情何限，安得云开日照均。

二

夷夏无妨故效夷，黄钟毁弃事离奇。
羡君大笔千钧健，点画依然是我师。

◎成应璆

赠胡六皆先生

廿载星垣笑索居，等闲咫尺失璠玙^①。
谁期衰病重洋客，快睹奇雄八体^②书。
好是中兴鸣雅颂，岂徒故纸觅虫鱼。
悬知岳色湘声里，鸠杖行吟乐有余。

①璠玙，鲁之美玉，也喻操守之美。
②八体，秦代统一文字，废除不符合秦文的六国文字，定书体为八种：大篆、小篆、刻符、虫书、摹印、署书、殳书、隶书。

◎宋槐芳

贺寓盒兄乔迁步靳翁赠韵一首

大椿桥上杏花天，气象恢宏大道前。
落笔香飘千里外，桑榆飞彩乐无边。

◎颜震潮

贺寓盒兄乔迁

一

祖泽源长信有之，人生难得晚晴时。
万间广厦千年梦，君独先酬杜老诗。

二

报道春回处士家，杏花苑里笑声哗。
墨缘笔会饶余兴，想见催诗夜煮茶。

赠寓盒先生

独爱潭州一布衣，平居长掩白云扉。
高吟动有惊人句，醉里挥毫势若飞。

乙亥立春后一日与陂溪、靳源同访寓盦杏花苑新居承留饮席间有怀奕老兄嫂美国

杏花深苑正春风，难得今朝笑语浓。
对酒忽思云外客，依稀犹记玉楼东①。

①玉楼东，即长沙玉楼东酒家，百年名店，饮誉三湘，其招牌为胡六皆先生手书。

◎史 穆

步玉酬寓盦先生

南岳大庙之康熙御碑，毁于"文化大革命"期间，1989年5月南岳文管所倩予书丹重镌，寓盦先生见之，赠诗云："壁上碑高着力难，书生磨剑倚征鞍。若非佛地来天女，谁为拈花捧砚看。"寥寥数笔，一个小老头变成了雄姿英发之戎马书生，黄脸婆子被写成禅坛仙女；扶持侍砚，白首情深，一经品题，便成佳话矣。适先生以册页索题，谨依韵奉酬二绝。

一

清癯傲骨仰才难，驰骋书坛未下鞍。
妙绪如泉心似锦，随风珠玉耐寻看。

二

萧瑟天涯入世难，抚髀青鬓已离鞍，
尚余结习①终难改，故纸残编抵死②看。

①结习，佛教语，指人世的欲望等烦恼。《维摩诘所说经·
观众生品》："维摩诘室天女以天花散诸菩萨，即皆堕落，至大
弟子，便著不堕。……尔时天女问舍利弗：'何故去华?'答曰：
'结习未尽，花著身耳；结习尽者，花不著也。'"后称积久难
破的习惯为"结习"。

②抵死，竭力，坚持。

中国书法家协会湖南分会成立，诗以贺之步胡寓盦先生原韵

一

高楼凉吹透窗纱，受露秋兰又放芽。
红树清江风物好，书坛开遍上林花。

二

斫轮老手①夺标还，挥洒云烟意自闲。
沧海待君张铁网，好搜红玉付人间。

三

松涔②淋漓四壁悬，后生应不让前贤。

澧兰沅芷湘灵瑟，"各领风骚数百年"。

四

秀句情怀羡六如③，拈毫学步意踟蹰。

明时兴会浑忘老，十斛松烟一架书。

①斫轮老手，亦作"斫轮手"，指经验丰富、技艺精湛的人。后常喻指诗文等方面的高手。宋苏轼《嘲子由》："妙哉斫轮手，堂下笑桓公。"

②松渖，松树脂液，代指墨汁。

③六如，明代画家、文学家唐寅，字伯虎，号六如居士。

长沙市第四届书展次寓盦韵

一

九天花雨会群仙，灿烂秋英蛱蝶眠。

一曲高吟龙起舞，新时端合谱新篇。

二

少陵转益是多师，咳唾①随风即好诗。

旷代骚音谁继响，秋灯熠熠夜迟迟。

①咳唾，比喻人的言论。《庄子·渔父》："孔子曰：'曩者先生有绪言而去，丘不肖，未知所谓，窃待于下风，幸闻咳唾之音，以卒相丘也。'"

湖南省文物商店观赏书画步寓盒韵

嘉树云峦秀可餐，砑笺尺幅得天宽。
旧书不厌百回读，佳画宁辞千遍看。
俯仰浮沉随俗易，优游涵泳叹才难。
前贤慧业真名世，满壁琳琅字不刊。

◎周泽襄

胡六皆诗人赐五律步韵奉和

梅岭枝先发，人间春又回。
惠诗歌寿庆，把酒醉颜开。
改革洪流涌，新潮巨浪催。
吾侪逢盛世，欢饮尽余杯。

◎易仲威[①]

六皆道兄惠赐墨宝，诗书并妙，寒壁生辉，谨赋七绝四章以表景仰，兼致谢忱尚祈郢正

一

觅句重阳早闭门，个中甘苦与谁论。
推袁[②]谬赏劳延誉，知己从来胜感恩。

二

马足车尘运妙思，姑苏戏谱竹枝词。

手挥目送无余子，倾倒先生五首诗。

三

书名不胫走长沙，信本传名岂漫夸。

腐朽神奇参造化，擅将左腕舞龙蛇。

四

旧雨新知乐唱酬，开缄妙墨露银钩。

知公寄后添惆怅，悔把明珠向暗投。

①易仲威（1924—2004），号新权，别署松华。湖南湘阴人。从小爱好中国古典文学，尤好古典诗词和楹联艺术，至老不辍。曾任长沙市楹联家协会秘书长。合编、参编并出版了"长沙历史文化丛书"、《湖湘名联集萃》、《十家楹联选评》、《中国十大楹联家联集》。

②推袁，指东晋桓温推赏袁宏之事。后用为赞赏人极富文才。典出《世说新语·文学》。袁宏（约328—约376），字彦伯，小字虎。晋陈郡阳夏（今河南周口太康县）人。少孤贫，有逸才，文章绝美。初以运租自业，为谢尚所荐拔，参其军事。累迁大司马桓温府记室。温重其文等，使专综书记。

◎刘书业

赠胡六皆先生

诗成传诵早知闻，笔走龙蛇更出群。

浊世原难容傲骨，清时底事厄斯文。

谈天茗苦常留客，娱老书多独慕君。

今日识荆虽恨晚，尚能随众看挥斥。

◎颜家龙

赠胡六皆先生联

打点华词成锦绣；

操持瑶管布云霞。

二、挽　联

◎黄曾甫

　　　文字因缘近卅年，铁画银钩，允推巨擘；
　　　灯市阑珊方四日，风凄雨苦，痛失良朋。

◎虞逸夫[①]

　　　三楚书林齐恸哭；
　　　九重泉路尽交期。

　　①虞逸夫（1915—2011），别署天遗，江苏武进人。湖南省文史研究馆馆员，受聘为湖南省书法家协会、湖南省诗词协会顾问。20世纪30年代即以诗文书法著闻于时，为钱振锽、马一浮所称赏，著有《万有楼诗文集》。

◎易祖洛

　　　潇洒出尘，其人已远；
　　　沆瀣同气[①]，伊我兴悲。

　　①沆瀣同气，宋钱易《南部新书》："又乾符二年，崔沆放崔瀣。谭者称座主门生，沆瀣一气。"后用以喻臭味相投。

◎周世昇

　　辛生驻节旧营盘，忆春秋佳日，拊掌谈心，廿载相亲，情同手足；

　　赵女笙歌新舞榭，负年少才华，敲诗顾曲，一朝永诀，痛失知音。

◎黄粹涵[①]

　　字品入木，人品绝尘，壮岁落花风，架上诗词案头帖；

　　贫魔渐宽，病魔何酷，几行知己泪，屏间题识扇端书。

　　①黄粹涵（1917—2009），湖南湘阴人。1940 年于湖南大学政治系毕业，曾任职国民党行政院秘书处。后在长沙育群中学、行素中学、广雅中学、长沙市七中教书。著有《中国食人史料钞》《劫后余沈》。

◎徐　佩

　　　　　　一介书生，翰墨词章有灵气；

　　　　　　永怀知己，温柔淡泊见高风。

◎陈子定

　　秦川[①]公子，邺下[②]才人，善病复工愁，投老逸居春杏苑；

　　温李[③]遗徽[④]，钟王[⑤]变体，兼优更精进，题名长忆墨华斋。

　　①秦川，地名。自大散关以北达于岐、雍，夹渭川南北岸，沃野千里，以秦之故国，故称秦川。约包括今陕、甘两省之地。

　　②邺下，位于河北临漳邺镇，古时邺城的别称。献帝建安时，曹操据守邺城。"建安七子"及其他诗人环绕在其周围，在创作上形成一种"梗概多气"的诗风。故"建安七子"又被称为"邺下七子"。

③温李，晚唐诗人温庭筠和李商隐的并称。

④遗徽，死者生前的美好德行。宋岳珂《愧郯录·追册后》："是时，郭后正位中宫，仁宗追念遗徽，特崇位号。"

⑤钟王，指古代著名书法家钟繇和王羲之。

◎史　穆

旧雨近廿年，同声相应，不忮不求①，最难忘雅集论书，名园斗韵；

新春未一月，哀音乍起，疑真疑梦，忍重过杏花苑里，飞虎营边。

①不忮不求，不嫉妒，不贪求。出自《诗经·邶风·雄雉》："不忮不求，何用不臧。"

◎易仲戚

识荆高阁，说项词场，知己幸初逢，重九题诗邀激赏；

笔走龙蛇，胸罗锦绣，佳人难再得，上元闻讣倍怆怀。

◎宋槐芳

周公①赞德，徐老②推才，至交六子伤先去；

李丈③钦诚，颜君④慕义，神通廿载梦归来。

①周公，即周世昇。

②徐老，即徐佩。

③李丈，即李伏波。

④颜君，即颜震潮。周、徐、李、颜四公与寓盦先生知契。

◎颜家龙

坎坷一生，安贫行素，高格比梅兰，于事于人公自无愧；
交游廿载，谈艺论诗，深情固金石，而今而后吾谁与归？

◎邓先成

挥泪忆深情，把酒论诗，犹记日前陪末座；
痛心伤永逝，登山临水，再难物外共清游。

◎周泽襄

文坛结识友情深，屡怀倚马才高，书法诗词称绝笔；
春节惊传天国去，从此雕龙人杳，岳云湘水吊骚魂。

◎祝钦坡[1]

遗恨未登文史馆；
大名长显墨华斋。

[1]祝钦坡（1922—2010），湖南沅江人。湖南省楹联家协会
副会长，长沙市楹联家协会常务副会长、顾问，《联海探骊》主
编。出版有《钦坡诗联》《对联讲座》。

◎罗　冈

示我周行[1]，教导谆谆犹在耳；
吊公湘水，春愁黯黯不胜悲。

[1]周行，大道，至美之道。《诗经·小雅·鹿鸣》："人之
好我，示我周行。"

三、挽　诗

◎刘作标

哭寓盦

唱和名园日，相知自悔迟。

清癯惊鹤骨，吐止仰鸿仪。

笔阵龙蛇走，音高瑰珀奇。

天心安可问[1]，抚卷倍凄其。

①作者自注：癸酉九月天心赏菊竟成永诀。

◎李伏波

怀寓盦

人天愁永诀，一字失良师。

杏苑书声歇，诗成却寄谁。

◎史　穆

悼念胡六皆先生七绝十首（作者自注）

一

苍茫人海总随缘，死别沉沉百廿天。
负友负心诗亦谇，纸灰飞不到寒泉。

二

初逢令阮尺书传，一纸飞来动四筵。
从此名园觞咏日，敲金时诵寓盦笺。

三

少陵转益是多师，锡尔嘉名系易辞①。
会得谦谦君子意，"从头学起不为迟"②。

四

飞虎营边夜话时，平章风物见真知。
襟怀落落清如水，尘表倏然笔一支。

五

奇怀秀句想风标，人到无求品自超。
最忆吴江同剪烛，小桥柔橹雨潇潇③。

六

饱经忧患过中年，陋巷寒毡旧砚田。
差幸天怜幽草意，"牧童遥指"喜莺迁④。

七

群怨兴观兴不孤，诗人本色是真吾。
他年写入名人传，貌自清癯诗自腴。

八

征逐文坛谊日亲，碧纱黄绢楚江滨。
音容笑貌浑如梦，一展遗篇一怆神。

九

江枫渔火景相娱，联袂偕游大小胡⑤。
凄绝十年伤两逝，不堪回首忆姑苏。

十

"菩提非树镜非台"⑥，收拾禅心且茹哀。
一叶慈航君去也，诗魂何日赋归来。

①寓盦名六皆，取《易》谦卦六爻皆吉之义。

②此句为君赠余诗。

③戊辰深秋，同客吴门，挑灯听雨，步韵和君诗有"小桥柔橹乌蓬过，正是诗人得句时"句，承击节称许。

④1995 年 5 月，君迁居杏花苑，镌一闲章曰"牧童遥

指"。

⑤1987 年秋，长沙苏州书展，君与令侄慰曾同赴苏州，翌年 1 月慰曾溘逝，君哀感逾恒。

⑥南社刘鹏年句。

◎胡令柔

悼亡弟六皆

亡弟六皆遗墨展适逢余病重住院之时，未能参加，实感遗憾。出院后拜读史穆公悼念六皆七绝十首，言辞恳切，字字感人肺腑。六弟有知亦当感泣于九泉。悲感之余敬和穆公原韵七绝十首。

一

拜读华章幸有缘，落花时节断肠天。
人生难得一知己，料得诗魂泣九泉。

二

传人孰是孰人传，春暖花开恸别筵。
满目疮痍洪水猛，募捐共写救灾笺。

三

互相勉励互相师，剪烛西窗话楚辞。
惭愧离群三十载，江郎才尽我来迟。

四

正是春风得意时，相孚莫逆两心知。
明知弱体难持久，瘦骨嶙峋强自支。

五

高风亮节仰高标，与世无争赶与超。
凄绝空留遗墨在，寓盦窗外雨潇潇。

六

失恃①离家弱冠年，茫茫前路盼归田。
艰难同走峰山雪，逝水流年几度迁。

七

雁行折翼影悲孤，十载追随倍感吾。
莫道晚年无所事，耕耘笔砚亦膏腴。

八

远迁杏苑渐疏亲，沅水同游忆海滨②。
七十余年多少事，一番回首一伤神。

九

竹林书画两相娱，赢得文坛说二胡。
叔后侄先诚可痛，魂兮幻想尔重苏。

十

一杯酿醖③奠灵台，休戚相关百事哀。

安得轮回能确有，同怀骨肉再生来。

①失恃，《诗经·小雅·蓼莪》："无父何怙，无母何恃。"恃，依赖。后因称母死为"失恃"。

②沅水同游忆海滨，作者自注：昔日曾与六弟一同游玩沅陵海滨公司。令柔女史为寓盦师胞姊（行五），精通《周易》。

③酿醖，指酒。

◎周世昇

胡六皆兄逝世周年纪

一

端木①陶朱②早滥觞，温文雅范出儒商。

翛然一鹤乘风去，留与人间翰墨香。

二

隔世重逢杜牧之，南宫翰墨义山词。

杏花零落伤心地，春雨潇潇吊旧知。

①端木，复姓。此指孔子弟子端木赐（子贡），是儒商鼻祖。

②陶朱，即春秋末期范蠡，被后人尊为"商圣"。

◎颜震潮

哭胡六皆兄

一

惊闻噩耗近黄昏，重展来书字尚温①。
有限良朋知剩几，为君挥泪一招魂。

二

垂老相亲见性情，与人无间亦无争。
可堪春雨瓜山路，今日重来隔死生。

三

岳麓重游愿已违，湖山依旧故人稀。
潇湘雁去②无消息，又哭风尘一布衣。

①此句作者自注：胡兄月前尚有书来问寂寞，情意甚殷，令人追念不已。

②潇湘雁去，谓三年前已故老友萧湘雁。

◎宋槐芳

胡六皆先生遗墨展观后痛感

左书不左守中庸，遗墨飘香仰劲松。
莫逆辅仁深受益，但求来世再相逢。

◎颜家龙

悼念寓盦先生七绝四首

一

书林一老师兼友，墨海同游二十春。
不意人天伤永隔，临池谁与指迷津。

二

诗如泉涌笔通灵，喜愠平怀色不形。
与世无争交有道，普亲耆旧爱中青。

三

灵堂哭别恨绵绵，梦里相逢似昔年。
倚枕朦胧怀往事，翻疑噩耗是讹传。

四

营盘陌巷常为客，雅集华筵笑语频。
一自灵山归去后，更无消息到凡尘。

◎邓先成

怀念胡六皆先生

诗是吾师字亦师，泉台一去永相思。
每逢雅集搜佳句，最念先生点拨时。

◎罗　冈

忆寓盦师绝句四首

一

拂去牢愁一病身，老躯残臂绝风尘。
神飞逸翰驰名远，雁过潇湘又是春。

二

杏花苑里喜新居，寿酒蒲觞一纸书。
笔墨开张云鹤意，千尘万劫见真如。

三

黯黯春愁草木悲，残花风卷入寒帏。
牙签手触三千卷，笔阵图①陈待问谁。

四

缁衣留得百篇诗，犹忆江湖海鹤姿。

收拾一庭残月夜，来斟浊酒读新词。

①笔阵图，书名，论执笔用笔之法。

◎宁一村①
《胡六皆书法作品集》观后敬题

怜公年少似元龙，老大深居颜巷中。
世态无聊终淡泊，人生多难始从容。
且将衡岳当书砚，漫向湘波洗笔锋。
写得沉雄疏朗气，神州未见有谁同。

①宁一村，1980 年生，广西人，现居浙江。师从潇湘隐逸，喜欢游历，爱好诗书。

四、缅怀纪念

《胡六皆先生知友纪念册》序

黄粹涵

　　近十年来，书法盛兴，长沙以书法名家者多。余独爱寓盦先生之作，功力深厚，严整有法而控纵自如，书香与墨香交溢；辄想见其为人。及读先生诗，温柔尔雅，恢廓冲远，其积者厚而发者腴，叹晚近世不可多得。尔后乃得接先生之人，恂恂似不能言而言必有中，宁静淡泊，笃于义而深于情，醇酒幽兰，脱略尘俗，与人相契于意言之表：相见恨晚也。先生俸入才给衣食而怡然自乐，所与游多当世名人而无所干请，诗文书法深造有得而不炫市俗，有淑世之志饥溺之怀而不轻臧否：殆尼山所称君子而蒙庄所谓天全者，望衡九面未足以尽之。时人知先生工书，友朋推先生工诗，于先生皆余事也。自其下者相视，则艺文之事，亦倜乎远矣。庚午之冬，先生以小恙就医，知好置纪念册题诗词为颐年欢，而嘱余识其端。先生尊人与余叔祖枰斋同年拔贡相知契。枰斋之殁已七十年，世家星落，天若故裨余得敬知先生以续此旧缘者。余怀浩渺，不知其果有当乎否也。

庚午岁除，黄粹涵谨序

1991.02

缅怀胡六皆先生

罗　冈

　　胡六皆先生去了，然而他的音容笑貌依然闪现在我晶莹的泪眼中。见到先生的字是在几年前，"墨华斋"的招牌和对联上飘逸的楷书。先生的字使我倾倒，与先生相识则是去年夏天的事。

　　一个炎热的下午，我拿着黄粹涵老先生的介绍信和我的一些书法、篆刻习作叩开了先生的家门。先生看完介绍信笑着说："你是罗冈！黄老讲你字写得好，篆刻也不错！"先生的平易化开了我心里的拘束。我拿出作品，先生一件一件过目，并提出一些意见："字要多临碑帖，印要多临汉印，我正需要一方用在扇面上的名章，你能否为我刻一方？"我有些受宠若惊，先生的信任使我于书法、篆刻之道增加了信心，此后我便经常将写的字、刻的印拿给先生指教，先生总是不厌其烦地与我讲解。

　　一天上午，我又一次登门求教于先生，先生拿出一张写好的字让我看，是先生写的横幅"一百砚庄"四个字。"你看这个'一'字，只有一画，不好处理，别人习惯写在格子中间，然而我将它稍微写上些，可咀嚼的东西便多了！"我仔细看了一遍，整张作品虽然只有四个字，但每个字都是先生苦心经营的。"学书法没有诀窍，好比做僧人穿的百衲衣，把别人的长处糅到一块，做成适合你自己的'衣服'，这便算是成功了。所以遇到难写的字，看看别人怎么处理，自己再体会，这样，下次遇到它便不会怕它，而是喜欢它！"先生的话正是自己经验的总结，集众家之所长，由博大到精深。

先生中年右手因公致残，但他以惊人的毅力使残疾的右手重新拿起笔来，同时练就了超绝的左手书法。先生身体不好，但对于写字却一丝不苟，有时写两三遍还不罢休，他总讲："不能拿不过硬的东西出去，前辈书家不也有出高价收购自己不满意的作品吗？"先生不光教给我写字的方法，还让我体会到做人的道理。

白石老人倾心于徐渭、八大山人、石涛，"恨不生前三百年，或为诸君磨墨理纸"。向先生请教的时间不长，但在这半年中我有幸能侍奉在先生案前，为先生磨墨理纸，比起白石老人来，我又算幸运的了，但正是这种幸运现在来撕咬我的心，先生，是永远不能和蔼地为我指点书、篆之道了。

原载 1997 年 3 月 19 日《三湘都市报》第 628 期第七版

忆胡六皆先生
——兼述胡六皆、杨得云二老交游事

周漾澜

通过微信，我转发了一幅胡六皆先生的书法作品给陈伟明，并附上一句："所钤二印为先师杨得云先生所刻。"伟明回复："有时间的话，你能写一篇关于二老交游的文章就好了。"

关于二老交游的情况，我也知之甚少，说不出个子丑寅卯。不过，当年我们与胡六皆先生相识相交是通过杨得云先生引荐的，这是铁板钉钉的事实。

中山路与蔡锷路交会处往北 50 米有一家"长沙古旧书店"，是我们上大学时常去的地方。沿蔡锷路再往北，约莫公交车一站的路程，街对面有个叫"营盘街新生里5 号"的院子，院门很高，门槛也很高，胡六皆先生（文艺界老老少少习惯称其为"胡六爹"或"六爹"）就住在这个院子里。杨得云先生交代我们："见到六爹千万莫谈《红楼梦》。"

第一次登门拜访六爹，我是同伟明一起去的。知道是杨得云先生介绍来的，六爹和娭毑都十分地热情。宾主落座以后，六爹就要看看我们从古旧书店买了些什么书，算是摸摸我们的底。还没说上几句话，六爹便开始大骂《红楼梦》和"红学"……

说是"骂"，其实六爹调门很低，语气也很平缓，不尖酸刻薄，更不歇斯底里，完全不失温厚婉和的儒雅气

质。当娭毑向我们爆料六爹年轻时是如何如何的放浪不
羁、风流潇洒的时候，我们目瞪口呆，很难把一位纨绔世
子与眼前这位谦谦长者联系起来。六爹自始至终坐在一旁
憨憨地笑着。

　　说起胡六爹，大家最为熟悉的自然是其书法家和诗人
的身份。（而作为曾经的银行职员，六爹最自负的本事是
打算盘和心算，后者我是见识过的。）至今我顽固地认为
在湘人前辈中，胡六皆先生的书法是最能经得起时日检验
的。日本人良宽有道最是不喜欢"书家的字、厨师的菜与
诗人的诗"，我想大概是因为这三者里面有太多的技巧而
鲜有自性、太多的表面文章而缺乏内蕴、过于一本正经而
缺少自然而然的品质吧，而我如此钟情于胡六皆先生的字
正是因为其在浩荡的书家队伍中特立出自己的平实、内
敛、拙朴、纯净的个性。在那个还没有什么收藏意识的年
月里，我索要名家字画基本上遵循三个原则：自己不喜欢
的不要；不能代表艺术家水准的不要；没有交情者的不
要。一旦拥有某位名家的一件好作品，几乎不会开口索要
第二幅，而对于胡六爹是绝无仅有的例外。

　　六爹有次问我："你们宁乡以前有一种特产'刀豆
花'，现在还有吗？——算起来已经有 40 多年没有吃
过了。"

　　我说："有呀，下次我给您带来。"

　　"刀豆花"是一种将刀豆切成花一样形状、用糖水浸
泡加工而成的小甜品，6 毛钱一盒，我每次去都会带上两
盒。我实在想不通六爹和娭毑会那么喜爱这玩意儿，总是
小心翼翼地把它们装进一个玻璃坛子里，每次送去的时

候，都能看到上次的还剩留了一点点。当然，二老一定会留我吃一顿饭，六爹也会主动地给我写一幅字——如果没有记错的话，刀豆花换来的字应该有6幅。

当然不全是这样的，譬如若干年之后六爹书赠我的一副嵌名联"放笔似水云荡漾；骋怀生学海波澜"则属于难得的创作，明显少了几许当年"应酬"的意味。

胡六皆先生为我写的最后一幅字，是晚年所题我的斋号匾额"养荷轩"，时间是杨得云先生去世后不久。我十分清楚地记得，那天我到墨华斋买了4张上好的宣纸，把4张纸对开裁成8张横条，专门登门请六爹为我题写斋名。六爹问我题哪几个字，我告诉他是"养荷轩"。他又问我为什么取这个名。我说也谈不上有特别的含义，杨得云先生曾书赠我一联"读书勉君唯养志，敦品传家自种荷"，从上下联中各撷一字，聊表纪念。六爹若有所思，喃喃低语："濂溪后人，养荷，不亦宜乎！"六爹没有再说话，一张一张地写着，但似乎自己都不满意。正当六爹准备取自己的纸再写时，我连忙阻止："不必了，不必了，下次再写吧！"六爹也没有坚持，索性跟我聊天——聊一些关于杨得云先生的事情。过了好一阵，娱驰招呼把桌子收拾出来，准备开餐。这时，六爹拣出一张只写了个"养"字就废弃了的纸，在后面的大半截空白写下"养荷轩"三字，我惊呼简直是神来之笔，精品中的精品！六爹端详一番，自己也觉得十分出彩，竟问我款要怎么题。我也是醉了，忘乎所以地说只落"寓盦"二字穷款便好。六爹还真听从了我的建议。后来，我请一位雕刻高手朋友将这几个字刻制成木匾，如今木匾一直悬挂在我的书房。

那时候的老先生都好说话，求幅字什么的不是很难的事。我从未看见胡六爹拒绝过别人的请求，哪怕对我们带过去的初次见面的造访者，六爹都会欣然应允，冷不丁还会即兴撰书一副嵌名联之类相赠。有一次，我带画友成五一拜府，跟六爹说我的这位朋友非常仰慕先生，想求一幅墨宝。六爹毫不犹豫，取出一对浅蓝色瓦当对联纸，一边铺纸，一边问道："大名唤作哪几个字？"

朋友连忙答道："晚辈叫成五一。"

"有什么讲究吗？"

"我出生在 5 月 1 日，五一路 51 号，就是现在'五一文'那个地方。"

"哦，有点意思。"

就这么对话的一会儿工夫，六爹不紧不慢地写出了上联："五更晓色来书幌。"当下联写下"一片"二字的时候，我激动万分地喊出："一片冰心在玉壶！"太不可思议了！我和我的小伙伴都惊呆了！

"'五更晓色来书幌'，苏东坡的句子；'一片冰心在玉壶'，王昌龄的句子。这两句话我都熟悉啊，我怎么就不会集成一副嵌名联呢？"

"咳咳，差距就在这里不！"六爹闻言答道，面露诡秘而嘚瑟的神情。

说实话，去丈量我等小字辈肚子里那点可怜的墨水与胡六皆先生们的才情和学识之间的差距，本身就是天大的笑话。胡六皆先生何等人物？连有"湖湘奇士"之称的杨得云先生（其业师彭汉怀在给徐悲鸿的信中称杨"英爽俊洁"，乃"吾湘奇士也"），尚且服膺不已！得云先生还经常拿自己的诗作呈胡六爹修改呢！二老相互唱和，砥砺切磋，引为知音。我这里有胡六皆先生写给杨得云先生的书信为证，摘抄如下：

其一

得老赐鉴：

来稿拜读，非常佩服！勉遵示按原稿誊正寄上，敬祈查收斟酌选用。

专叩

冬安！

弟 胡六皆顿首

其二

得老：

来诗拜读，想望风采，神驰左右。现将大作《七律》结句试为续成于后：

【略】

并闻前日带有高足来舍，失迎之罪，容后补过。

敬候

撰安！

弟 六皆顿首

从这些零散的信札、字条中，可以归纳出以下几类：

1. 标出认为可以再斟酌的字句；

2. 提供修改意见，往往有三五项选择；

3. 径直修改；

4. 补成或续成未完善之什。

有一个现象引起我的特别注意，在我见到的得云先生后来自己誊录的所有诗稿中，凡是经过胡六爹修改过的地方，一律遵照"胡改"。我在想，诗这种东西不是"作诗必此诗"的，得云先生未必百分之百认同六爹的意见吧？为什么还要这样做呢？或许这就是尊重，这就是虚怀若谷，这就是古道遗风！当然，前提是六爹确实高明。高傲的得云先生墙都不扶，就服六爹。

那年我省某著名女书法家去世，促狭鬼得云先生作了一首《五律》，极尽讥刺挖苦之能事，还兴高采烈地把诗寄给胡六爹看。六爹一点也没有客气，骂他少作点这种"缺德"的诗。得云先生只好重新寄呈一首《本意一章》："欲种梅花树，沧桑旧业荒。强移宫禁蕊，来续寿阳黄。鹤子犹丹顶，茅亭护短墙。长枝无剪伐，留与路人香。"胡六爹赞不绝口，并希望得云先生多作这样的好诗——我至今还记得得云先生跟我说起被六爹骂而赞时那种眉飞色舞的样子。

1992年肇岁，客居汨罗的杨得云先生走完了75载坎坷的人生。对这位"磨刀欲试娲皇石；奋笔能补麓山碑"（胡六皆先生书赠杨得云先生联语）的书友、诗友的谢世，胡六皆先生悲痛万分，噙着泪水写下挽联："读书常恨古人多，落拓不羁才，谁谱湖湘奇士传？遗匣尚留金石在，寂寥垂暮境，来依汨水屈原祠。"

人生得一知己足矣。

就此打住，希望能交了伟明兄的差。

2018年5月10日初稿 长沙大雨

儒雅的六先生

王镜宇

周末得知长沙市书协将在今年下半年举办纪念胡六皆先生一百周年诞辰书法展，不胜之喜。非常感谢孔小平主席行此善举，功德无量。

今先生仙逝已有二十三个春秋。"君才二十三，我已七十四。为结翰墨缘，留此数行字。"每念及先生赠我的诗，前缘历历，惘然若失。因唐尚雄老先生引荐，我于十几岁即认识老先生，有缘亲近老人家十几年。承先生垂爱，我获益匪浅。忆及与先生相交之二三事，其言传身教宛然，唯感恩而已。而生死殊隔，恩无以酬，深怀愧疚。

先生博学洽闻，在诗词上功力尤深，捷才殊为了得。1989年，我陪老先生去南岳避暑。当时，爱好书法的雪林法师托我带他去求先生墨宝。一则不薄僧面，二则想小小为难先生，我事先没跟先生说就直接带法师去了。先生问了雪林法师法号，提笔而就："洁同冰雪；志在山林。"雪林法师不胜欢喜，我唯有叹服。先生还聊了书法和禅诗，一贯儒雅微笑，一贯轻言细语。

有一年，值先生生日，我与吕君海阳先生一起去购蛋糕。服务生问蛋糕上写什么。吕先生讲再写"生日快乐"已经没什么意思了，必须创新。他命我想内容。我突然想起，六娭毑要搞一个恶作剧气一下六先生，于是提笔就写了"六害作怪"四个字。吃蛋糕时，大家一看这几个字都哈哈大笑。六娭毑笑得前俯后仰，眼泪都出来了。先生丝毫不以为忤，还是和平常一样儒雅地微笑，并说："让人大笑是本事，令众生欢喜者则令诸佛欢喜。"顽劣如我，老先生之教化亦如此儒雅和"佛系"。

1994 年，我要装修房子，没有钱。没等我开口，先生立即拿了五千元给我。一不要我打条子，二不问我什么时候还。那时我的工资每月才一二百元。我用了四年才还清先生借我的钱，但先生夫妇的情我一辈子也还不完。1997 年 2 月，我在台湾，没能参加先生的追悼会。返湘后，我牵头在长沙市博物馆为先生办了一个遗墨展，心始稍安。

今年我也年过半百了，渐渐明白有的人虽然活着，但在我心里早就死了；有的人虽然逝世了，在我心里却永远活着。"尊重现在身，时乎不能再。永远无尽期，永远有现在。"一如先生之赠言，永远无尽期，我对先生唯有永远的景仰和永恒的怀念。念兹在兹，先生不朽。

为胡六皆先生摄影小记

丁　文

1995年我来到长沙读书，认识了许多好朋友。其中仰之兄最为特别，他喜欢传统文化，尤其是书法基本功扎实，当然最厉害的还是他的师父——胡六皆先生。

当年，长沙市许多人气爆棚的商店招牌，都是请著名书法家书写，比如王友智老师写的"阿波罗商业广场"、邓先成老师写的"友谊商城"、史穆老师写的"友谊商店"等。我们学的是美术设计，经常要去"五一文"商场购买各种学习用品。每次在"五一文"负一楼见到"墨华斋"几个字，厚重而又飘逸，元气满满，我总会驻足良久。仔细品味，发现原来是胡六皆先生的作品。听仰之兄说，长沙有许多招牌都是请胡六皆先生题写的。我一直喜欢书法和摄影，于是细心留意各处的店面招牌，如"玉楼东""高桥大市场""卧龙居""云雾茶坊"……只要是胡六皆先生书写的，我都将它定格在胶片之中。

1996年（丙子年）冬天的一个上午，仰之兄来问我是否愿意去拜访胡六皆先生，他早已和先生约好要前往请益。我欣然应允，带上相机和影集，和仰之兄一起来到杏花苑小区六栋，敲开门，六娭毑热情地接待了我们。仰之兄向先生介绍了我，我拿出我的影集请先生过目。他戴好眼镜，仔细地看了又看，不住地点头。六娭毑又端来瓜子、花生等零食，我们一边吃一边聊天。不久，胡六皆先生开始为仰之兄示范如何写招牌大字。我想好机会来了，于是悄悄地端起海鸥相机，捕捉各角度的镜头。由于室内光线不足，我打开了闪光灯。先生写字时潇洒自如，对频繁的闪光和快门噪声不以为意。大概过了40分钟，先生忽然微笑地对我说："小丁同志，写一幅字给你吧？"我欣喜若狂，赶忙称谢。于是，胡六皆先生用四尺对裁的宣纸书写了王安石的《登飞来峰》相赠。书写的过程，我也用相机记录了下来。

先生写了许久的字，有点累了，他坐在沙发上喝茶休息。仰之兄又向他请教了许多诗词方面的问题。我的眼睛一直盯着相机取景框，忽然胡老转头望向我这边，我不失时机地按下快门，定格下一幅珍贵的特写画面。

时光荏苒，二十四年过去了。每当我打开胡六皆先生赠送的那幅作品，读着"不畏浮云遮望眼，只缘身在最高层"的诗句，对先生的怀念与崇敬之情就会涌上心头。先生襟怀坦荡，虽然一生坎坷，但是安之若素，对待后生小辈又平易近人，其慈祥长者之风神给我留下了永不磨灭的印象。

（丁文，中华诗词学会会员，中国楹联学会会员，长沙市嘤鸣诗社理事，长沙市书法家协会会员。）

胡六皆先生家世考

罗　冈

胡六皆（1920—1997），号寓盦，湖南长沙人。著名诗人，楹联家、书法家，出生在长沙商人之家，年幼丧父，中年坎壈，经历了当时中国的一段特殊的政治时期，晚年很少提及其家世。

根据胡跨釜、郑祖武《利生盐号的经营管理》一文所载，胡六皆先生的高祖父胡自成于清咸丰三年（1853年）与陈晓吾合资白银1500两（胡占2/3，由胡负责经营）在长沙下太平街永丰仓口创办"长沙利生盐号"经营油盐杂货。胡自成去世后，利生盐号由其长子胡翰江（胡六皆曾祖父）继续经营。1882年，胡翰江之子胡茂春（胡六皆祖父）入店学徒。迨胡翰江去世，胡茂春继承父业，独揽店务，锐意经营，旋扩大业务范围，以油盐为主，兼营花纱，历经百年不衰。据胡六皆先生生前所言，他祖父晚年经营利生盐号，已不限于油盐杂货，还有绸布等生意。其资产丰厚，从南门口到道门口还有很多门面出租。

胡茂春育有独子胡家猷（胡六皆先生父亲）。胡家猷字公午，号咏斋，自幼聪颖，勤学好问，尤工词章，书法学北魏诸碑；曾就读于岳麓书院，后弃商从仕。湖南著名文史掌故学家黄曾甫先生的《春泥馆随笔·卷二·工商界出生的文人胡公午》中载："胡公午生于1884年，卒于1926年。"1884年为农历癸未。前人有以出生、地支为其字号或笔名的习惯，既其笔名为公午，胡公午先生很有可能生于壬午1883年。胡家猷勤学好问，尤工辞章。《王先谦诗文集》中有《胡家猷咏斋，小儿兴祖师也。上学后枉诗，次韵》一首：

> 孤陋真惭老学庵，感君馆我岁经三。
> 子衿暂作泥途困，今夕聊为风月谈。
> 边筍深藏清不寐，周醇未饮气先酣。
> 每怀善诱殷勤意，剩欲回头指大男。

王兴祖原名王祖坤，是王先谦弟弟的儿子。光绪二十六年（1900年）过继到王先谦膝下。1906年，胡家猷在王先谦主讲的岳麓书院就读，此年23岁的胡家猷被聘在王先谦家坐馆，亲授王兴祖。1907年，王先谦为王兴祖报捐主事，并改名。胡家猷赠王先谦的诗可能湮没，但从王先谦光绪三十四年（1908年）写的这首和诗可以看出，67岁的王先谦对25岁的胡家猷在学业和人品上的认可，并对其当时的处境聊以劝慰。因为王先谦历年出生的子女皆夭亡，我们从这首诗中也能看出他对王兴祖寄予了很大的期望。

宣统元年（1909年）胡家猷被省学政选为拔贡，第二年入京参加礼部试。《清实录宣统朝政纪·卷三十八》载："甲寅1914年，……引见宣统与其他一百四十八名拔贡生，著以七品小京官。"又据《艺风堂友朋书札》，是年王先谦致信缪荃孙："又有胡家猷者，拔贡新得小京官，在舍教读三年，端粹纯笃，亦复抗心希古，家计不丰，颇思得馆。吾弟一见，必知其人，有可推荐，幸为说项。"

王先谦门生弟子满天下，唯独对年轻的胡家猷如此关照，并推荐给缪荃孙，劝其为胡说项，由此可见二人关系很不一般。

1909 年的科举考试是清朝最后一次真正意义上的科举考试，但宣统在位三年便迎来了辛亥革命。这些经过朝考选拔出来的人才，无用武之地。胡家猷回到了湖南，经常在《大公报》《国民日报》《湖南日报》等报副刊上发表杂文，批评时政，反映民间疾苦。因怀才不遇，郁郁成疾，1926 年，年仅 43 岁的胡家猷英年早逝，留下了白发苍苍的父母和七个儿女，此时的胡六皆先生方才 6 岁。

因为父亲的早逝，胡六皆先生七姊妹便在祖父母的呵护下系统地学习传统文化，老四胡奉饴（湖南书法、篆刻家胡慰曾的父亲）、老七胡跨釜分别于 1932 年和 1942 年入利生盐号学徒，直至他们成家立业。其祖父经营的利生盐号，也经历了"文夕大火""长沙沦陷""十四年抗战""公私合营"等事件，百年老字号风光不再。中华人民共和国成立后，胡六皆先生为养家糊口，在一家印刷厂做工人。20 世纪 60 年代，在一次校对取样时，其右手手臂被印刷机滚筒碾压撕裂，多亏一印刷工人及时将电闸断电，在其撕裂的腋下塞以油抹布止血，他才得以活命。待其病体恢复，却右手残疾，五指痿缩，不能握笔，他便改用左手书写。为不被人嘲笑，胡六皆先生每日闲暇便躲在营盘街老宅的阁楼中，临摹古人碑帖，用功更勤。因心算好，打得一手好算盘，又会做账，此后他便在印刷厂从事会计工作，直至退休。

笔者在搜集资料时，发现一篇研究胡六皆先生父亲的文章，是研究胡六皆诗联传承的一条重要线索，特附录于此：

工商界出身的文人胡公午
黄曾甫

六十年前，湖南新闻界、文化界，无有不知以谐文名世的文人胡公午其人者。

胡公午，原名家猷，公午系其笔名。他出身工商界，其父胡茂春，在长沙市大西门开设利生盐号，货真价实，服务周到，历经百年不衰。胡公午为胡茂春独生子，自幼聪颖。其父望子成龙，命他弃商从仕，拜在湘中大儒王先谦门下，就读岳麓书院。胡公午勤学好问，尤工词章，书法师北魏。清末己酉中试，得拔贡，朝考二等，曾以七品小京官客寓北京有年。常从维新人士游，思想有重大转变，辛亥革命后，回湘。

民国初年，胡公午深入社会，考察民间疾苦，经常在长沙《大公报》《国民日报》等报副刊上发表杂文。"五四"运动之后，胡倾向新文化，常诫其子侄曰："时代不同，语言文章也就不同，现时代的人，应该用现时代的语言写文章，不然你的文章即使比《尧典》还做得好，但人家看不懂，谁会来看你的呢？"胡锐意民间语言的发掘，经常以现代语言甚至市廛俚语，写成谐文、谐赋，针砭时弊，极为时人所欢迎。

1921年军阀赵恒惕援鄂失败归来，胡公午在《报余》上写过一篇《穿蓑衣打火赋》讽之。中有"搞得奶奶一桶粥，倒找婆婆四两姜"之名句。1923年，湘省倡联省自治。胡公午借题发挥，以破除迷信为幌子，讽刺省议会之腐朽，做过一篇《师公子冲锣赋》，其中有云："综观各情，好有一比，打鼓打锣，见鬼见神，病人似湘省之疲民，血食似机关之薪水，现身说法，似议员之空扯乱谈，提笔画符，如宪法之了无宗旨"（载 1923 年 5 月 29 日《湖南日报》副刊）。

胡公午生于 1884 年，卒于 1926 年，怀才不遇，忧郁成疾，终年仅 42 岁。其子六皆，其孙慰曾（已故），近年皆以书画闻名湘垣，1966 年，福建省曾有人来湘搜集民间文学史料，征胡遗稿，惜存者无多。

录自《长沙文史资料增刊·春泥馆随笔》1990 年 12 月

五、诗联评论

春回柳眼眉难展，月到天心光掩尘
——胡六皆重修天心阁楹联初稿欣赏

刘坦宾

以高度形象化为基础的情韵化审美，是旧体诗词，以及以旧体诗词句式结构、审美模式、声韵规律为成型条件的楹联，特别是具婉约风韵，像长沙天心阁这样一山耸翠、半水环清的典型江南名胜楹联的重要的艺术要求。这一导致可赏性的艺术审美特征，恰巧是旧体诗词及楹联这两种以古汉语为表述手段的文体形式，当年没有被五四新文化运动所淘汰，反而在全球华语世界中一直延续了下来，顽强地生存着，蓬勃地发展着，显示了经久不衰、强韧不拔的生命力种因之所在，否则，怕早已像文言文一样下野，成为仅足悲叹的文化陈迹了。

"诗才疑翰掩"的诗翰双栖名家胡六皆先生，1982 年应征为重修天心阁所撰拟、刊刻于显要位置上的楹联初稿：

我辈复登临，总难忘四野哀鸿，一城焦土；

风骚谁管领，莫辜负春回柳眼，月到天心。

就是符合上述审美特征，取得了成功的一个范例。

在全联结构上，含有暗示"新修"题意的"复"字起边，意在"忆昔叹昔"，它是为铺垫、引发、反衬全联主旨"颂今勉后"的对边而存在的。对边以一个"回"字和一个"到"字反过来因应起边，使全联一呼一应，意脉分明，形成浑然一体、圆满自足的审美格局；使得春为什么回、自何而回，月为何而到、到了何种境地这一意蕴的来龙去脉有了着落；更重要的是极具社会学审美教益地形成了对于三中全会以后出现的当今改革开放新局面、好局面既形象又充分情韵化的礼赞和讴歌。其中起边的当边对"四野哀鸿，一城焦土"，是以天心阁所在的长沙历史上最悲惨的一页——"文夕大火"，作为反映往昔极具典型意义的题材予以着墨的。被感叹为"一火咸阳尚不如，无边楼阁付丘墟"（见当年长沙"文夕大火"后报载某七律感赋）的那场大火，是当局以所谓"焦土抗战"为冠冕而导演的一出震惊中外、贻笑盟邦的丑剧，最终只落得个"一城焦土""四野哀鸿"的悲惨结局。这一用材极典型、概括极简练、感喟极深沉、出语极雅驯的抒写，既是史笔，更是诗笔。

由上述起边引领出的反映全联思想、艺术审美重心的对边的自对"春回柳眼，月到天心"更是对仗工整，诗意盎然，形象生动，情韵至浓，思想品位极高，艺术品味极醇，乃全联艺术精化之所在。其中"柳眼"一词典出唐元稹的诗"何处生春早，春回柳眼中"，是指早春新生的如人睡眼初展的柳叶或柳芽，是一个取"形式"而能给人鲜明、直觉印象的，漂亮的比喻修辞。它通过对江南早春这一纯物候天象传"形"的描绘，引发起对于流淌、忽闪、辉耀的眼波、眼神、眼光……的诸多丰富的联想，用与这一人类心灵的窗口"神似"的比喻激发人们理解这一古建筑在"政通人和，百废俱兴"的当前被修葺一新的深刻含义；它是在我们的民族经历的那场浩劫宣告结束后、在三中全会后被修葺的，因而它就不只是朴素的、无所附丽的纯物候天象的写照，更是虚化、升华为对改革开放新局面这一政治现实的形象化勾勒和情韵化咏叹了。而"月到天心"，用的也是同一审美机杼。日常成语中有"如日中天"的说法，是用天象来比类一个人、一个国家、一番事业（如改革开放）的成就，达到完美鼎盛的"巅峰"状态。如果不用"日"而用"月"为比类的中心，就相应变成现在这个"月到天心"了。同"春回柳眼"一样，它的审美旨趣也没有停留在纯欣赏物候天象这样较低的层次上。至于其中"天心"一词，恰与古阁名字偶合，因标签效应而赋予其以不可置换的"个性"，不能像有些无个性的楹联一样"放之四海而皆准"，恐怕不是作者刻意为之的了。

值得惋惜的是，对于这副确实写出了美、写出了意境，特别是写出了"有裨教化"的思想深度的艺术精品的楹联（初稿），传闻有某些人误认为其吟风弄月，是言不及"义"之作而将其弃置，用了作者未必情愿改作的第二稿。两相对照，原有圆满自足的结构荡然无存了，为贯通意脉上下联间的亲切呼应噤若寒蝉了，游客登临面楹吟诵所必然期待的逸兴幽情、诗情画意杳如黄鹤了，形象而又情韵化地对政治现实用"美声唱法"所进行的礼赞与讴歌，弦驰管咽、磬息钟停、暗默无闻了，最终落得个"春回柳眼眉难展，月到天心光掩尘"的尴尬局面，只能嗟叹于笔运如此、天道宁论了。作为有幸拜读过初稿的本文作者，悠悠十三载之后，旧事重提，谬加析赏，不过是为了给那些不幸与胎死腹中、未能面世的这个命运乖蹇，却确然容貌姣好的宁馨儿缘悭一面的万千游客，有一个补睹娇容、一亲芳泽的机会。唉！人世间不如意事常八九，饮恨吞声事累万千，作者不过期待它的被钩沉面世，并被造次推崇，庶几能给虽盛躬逢，桑榆景美，毕竟岁月无情，垂垂老矣的六皆先生，所遇非仁，在毕生文字生涯中遭逢的这段不愉快的小插曲以些许温慰，至少使人世间又少却一件憾事，多少有所增美补益于世态人情吧。

原载 1995 年 6 月《嘤鸣集》第 68 期

（刘坦宾，原《湖南诗词》编委。）

三湘联坛点将录——胡六皆

胡静怡

天心阁一楼有联云：

我辈复登临，总难忘四野哀鸿，一城焦土；

天公重抖擞，正奋发九州生气，三楚雄风。

悲往事，励来兹，情采飞扬，无一字无着落。非但联文大气，字亦端方，相映生辉，珠联璧合。

胡六皆（1920—1997），号寓盦，湖南长沙人，著名书法家。幼攻诗书，喜临碑帖。因右手受伤，五指痉挛，后经苦练而左右手均能书。中国书法家协会会员，长沙市书协顾问。作品获 1985 年湖湘大赛一等奖，入选《当代楹联墨迹选》《古诗文行书帖》《中国现代书法选》。

先生擅书，早年学赵孟頫，后学魏碑，其魏碑之功底为当世所公认。不熟识先生者，只知其书法端庄大气，古意苍茫，而不知其积学殊深，功力殊厚，为诗为联，亦是当行出色。

湖南烈士公园民俗村有先生两联，其一为《题民俗村萝架》：

西窗画稿藤萝月；

南浦春波柳絮风。

其二为《题民俗村竹廊》：

霜痕月色秋容淡；

帘影蝉声午梦凉。

雅言华藻，古色古香，画意诗情，呼之欲出。读来令人如置身会稽山下，闻流觞曲水之吟；饮宴桃李园中，听康乐惠连之唱。

先生集句，信手拈来，切事切人，量身定制。《集句赠方潜明先生》：

出淤泥而不染；

处涸辙以犹欢。

上联出自周濂溪《爱莲说》："出淤泥而不染，濯清涟而不妖。"下联出自王勃《滕王阁序》："酌贪泉而觉爽，处涸辙以犹欢。"

方翁拾拉圾为生，年八十而矍铄康强，性行高洁，宁折不弯，工诗词，谙音律，时人敬之。先生集前贤之句，图人物之形，高大巍峨，神情兼备。斯翁之风骨铮然，先生之风骨铮然。

《集句嵌名赠成五一》：

五更晓色来书幌；

一片冰心在玉壶。

上联集自苏轼《雪后书北台壁二首》："五更晓色来书幌，半夜寒声落画檐。"下联集自王昌龄《芙蓉楼送辛渐》："洛阳亲友如相问，一片冰心在玉壶。"

不仅集句，而且嵌名，一箭双雕，天衣无缝。

《集句联》：

旧业已随征战尽；

乡音无改鬓毛衰。

上联集自卢纶《晚次鄂州》："旧业已随征战尽，更堪江上鼓鼙声。"下联集自贺知章《回乡偶书》："少小离家老大回，乡音无改鬓毛衰。"

以此题赠抗战老兵，何其贴切！

《集句赠易祖洛先生（一）》：

> 开襟坐霄汉；
>
> 飞剑决浮云。

上联集自宋之问《登禅定寺阁》："开襟坐霄汉，挥手拂云烟。"下联集自李白《古风》："秦皇扫六合，虎视何雄哉。飞剑决浮云，诸侯尽西来。"

易公曾为抗日名将薛岳之秘书，得此一联，不亦宜乎？

《集句赠易祖洛先生（三）》：

> 彩笔昔曾干气象；
>
> 青袍今已误儒生。

上联集自杜甫《秋兴八首》（其八）："彩笔昔曾干气象，白头吟望苦低垂。"下联集自刘长卿《送严员外》："君去若逢相识问，青袍今已误儒生。"

易公才高八斗，彩笔生花，而遭遇不公，命途多舛，得此一联，又何宜也！

集句难，难处有三。一曰难于配偶：前贤成句，欲配姻缘，八字生辰，难于契合，互不相克，方是良缘，佳偶天成，万中选一。二曰难于达意：诗言志也，自古而然，句出前贤，固言他志，今人欲取，必适君心，情趣相谐，方为知己。三曰难于恰切：前贤酌句，表甲之情，君欲借之，言乙之事，风中牛马，北辙南辕，借剑屠龙，何能称手？

有此三难，一般作手均不敢多撰，而先生腹有经纶，倚马可待，一经拈出，便是珠玑。先生，诗家耶？书家耶？吾惑矣！

先生之挽联，均为长构，文情并茂，哀思无穷。《挽周昭怡先生》：

孤桐百尺耐高寒，当年咏絮词华，湘水弦歌空向往；

除夕一樽成永别，明日落梅时节，京都书展待谁开？

昭怡女史，一代书家，颜体巍然，人皆仰止。终身未字，故曰"孤桐"；腹有诗书，故言"咏絮"；"周南"女校，曾赖主持；"湘水弦歌"，蜚声三楚。先生此挽，情在笔先，字字切题，弹无虚发。

《挽弟》：

同胞垂老剩三人，后死我何堪，旧梦幻残蝴蝶影；

握手临危无一语，唯怜君最小，西风吹冷鹡鸰原。

《诗经·小雅·常棣》："脊令在原，兄弟急难。"脊令，即鹡鸰。后因以"鹡鸰"指兄弟。吴梅村诗云："云山已断中宵梦，弦管犹开旧日楼。二月东风歌水调，鹡鸰原上使人愁。"先生一"冷"字，令人背脊生寒！

《挽杨得云先生》：

读书常恨古人多，落拓不羁才，谁谱湖湘奇士传？

遗匣尚留金石在，寂寥垂暮境，来依汨水屈原祠。

杨得云，汨罗人，系我省著名书法家、篆刻家、诗人、文物鉴定专家，彭汉怀先生在写给徐悲鸿的信中，称杨为"吾湘奇士"。这位奇士，曾混迹于国民政府官场，有所谓的"历史问题"，在中华人民共和国成立后，被开除公职，回乡务农，穷困潦倒数十年，直到改革开放以后，方得一展奇才，扬眉吐气。先生此联，量身定做，"来依汨水屈原祠"一句，可谓嘉许弥高。

《自挽联》：

何用衣棺，烧却文章烧却我；

饱经忧患，不曾富贵不曾穷。

先生少时，家境宽裕，无职无业，浸淫于诗词书艺。新中国成立后，因无"历史问题"，历次政治运动中未受大的冲击，尚能栖身于一印刷厂养家糊口，所以"不曾富贵不曾穷"。在那人人自危的年代，谁也躲不进世外桃源，虽未遭过难，但就凭他那家庭出身，吓也吓得屁滚尿流，所以"饱经忧患"也是实话实说。先生的诗联文字，从未存底，更未成书，非不想也，是不敢也。死了以后，一把火烧得干干净净，当然"烧却文章烧却我"。字面上十分洒脱，洒脱得天马行空。然而，洒脱之中，隐有余悸。

录自《三湘联坛点将录》，民主与建设出版社2019年11月第1版，略有改动

（胡静怡，1943年生。笔名劲骑，号怀虹斋主。湖南宁乡人。湖南省文史研究馆馆员，湖南省楹联家协会顾问，长沙市楹联家协会名誉主席。）

胡六皆先生诗联成就探因

王　定

众所周知，胡六皆先生是现当代湖南的书法大家，相当一部分人还知道，他也是旧体诗联高手。文学作品受接受者主观影响，所谓"一千个读者眼中就会有一千个哈姆雷特"，本是难有统一的标准答案，如此见仁见智的活动，在进一步了解先生和读过其诗联之后，相信一方面每人眼中的哈姆雷特确然不一样，另一方面，大众眼中的哈姆雷特无论有多少差别，绝大多数人的眼里总会是一个欧化或更小点圈子英国化的美男子，即胡六皆先生是湖南在建国以来顶级的书法家、一流的旧体诗联作者，大概是没有疑义的了。

一、有大才子格局的小人物

胡六皆先生一生思维快捷敏锐，颜家龙先生说他"才思锐敏。逢有即席吟唱或嵌字作联，辄顷刻即就，每多妙趣"。这种说法自然不是空穴来风，但却不见于胡六皆先生自己所写的诗歌或其他带自我介绍性质的文字，也从不见他以此为所长而傲人，当然，自己来说自己的思维如何快捷、学养如何丰厚，似乎并不妥当，而其他交好的先生，却也不怎么以此点来渲染铺陈，是什么原因呢？

先生出生于 1920 年 12 月，"祖上曾在长沙城内经营盐行、绸布店。其父为贡生，后在某报做编辑"，即先生不论是送读小学还是由家庭来解决蒙读学习，都绝不会失学，而且，当时的学习虽已在 1905 年废除儒家思想为主的科举制度，但时间不长，西学的孩童教育尚未成体系，新式学堂虽多，而孩子的教育深受中式蒙学影响，故必然饱读诗书。

胡六皆先生稍长失怙，由祖父抚养成人。老来丧子而孙又伶俐于诗与书，兼以社会动荡，祖父只怕会宠溺相待，导致先生"少时纵任如脱羁之驹，每不惜倾囊以博一快。凡世间可娱可玩之所无不至，可无意者无不为。乘兴而往，乐而忘归，不知岁之有春秋，日之有昼夜也。又多蓄外室，其中俄籍二姬尤为妩媚云"。

中国知识分子传统中，古来有几个特征，其一是"学成文武艺，货与帝王家"，以先生之诗出入于温、李、元、白诸家看，温庭筠为唐宰相温彦博之裔孙，李商隐也自称与皇室同宗，但两人都主要只做了两任县尉，温官终国子助教，李止于盐铁推官，都算屈沉下僚；杜牧是宰相杜佑之孙，与元、白皆为朝堂大官，自然要讲究修身齐家治国平天下，讲究忧国忧民。其二便在沉溺美色且不以为耻反誉"风流"，元稹有《莺莺传》，白居易作"樱桃樊素口，杨柳小蛮腰"以赞美自家家妓樊素、小蛮，温庭筠开创"花间派"，李商隐的"无题诗"，杜牧更是明说"十年一觉扬州梦，赢得青楼薄幸名"，等等，都可以窥探到这一特点。胡六皆先生非政要后代，又在近二十岁和将要踏入而立之年时两遭人生大的变故，先"因日寇侵华，长沙大火，财产典籍付之一炬。日后当小职员以养家糊口"，后遇改朝换代，中华人民共和国成立。中华人民共和国成立后，政治背景、经济条件、社会环境都有了改变，先生进入不了主流社会，只在一相当于街道所办的印刷厂当校对，赚取低廉的工资以谋生。

从 1949 年至先生辞世，先生在社会上所处的位置实际是尴尬的。一方面，他是实实在在的读书人，但没有文凭认证又得不到社会主导力量（比如工人农民、革命干部）的身份认同；可是另一方面由于他缺乏身体锻炼不擅体力，却又不得不做一些体力活以应对职位要求。这样就直接导致了一次校对取样时，右手手臂被印刷机滚筒碾压、撕裂，虽经及时抢救，仍右手五指残废，不能屈伸。他的日常精神生活，以旧体诗歌及对联形式的文字表达、书法活动两个方面为主要活动内容，而先生一方面从未纠结絮叨于伤残，并且苦练左手书法、勤练右手书法以应对，终使双手皆能书。因此，先生的物质生活在许多人眼中尴尬不已困苦不堪，先生却不以为意，从《胡六皆辑》看，他的诗歌，主要内容有感怀咏史、酬答唱和（包括题赠及哀挽对联）、题识纪行、禅意哲思四大类，并没有杜甫式的写自己再推广到他人的忧虑之作，尽管生活现实给了他许多类似题材。

总的来说，先生作品有元白的质朴清新而无官宦嘴脸，不强说为国为民大义，多幽默洒脱通透豁达，如《与王镜宇》："人每怜我衰，我不觉我老。园蔬与村醪，酣然畅怀抱""珍重现在身，时乎不能再。永远无尽期，永远有现在"；《与内子同游南岳归家后适内子七十岁生日》："食贫虚累糟糠老，再乞人间二十年"；《题湖南财政厅之四》："但求好雨如人意，化作源头活水流"；《次韵奉和奕斋兄游烈士公园之一》："胸怀坦荡云天阔，散尽离群去国愁"。这种对生活的态度，是古人和走不出自身生活的人所必不能具备的。

我们也可看到先生不拘执于自己这一辈子已经遇到了怎样的社会底层生活，不拘执于父母早逝、家境衰落又中年女儿走失、自身手残等从内心到外形的巨大变化，老实说，其中之一加于身都可以压垮一个人，而胡六皆先生则能坦然对之，《寄奕斋兄美国》中直言"泥沼艰难龟曳尾，海天空阔鹤梳翎"，即使生活如在泥沼已是艰难于腾挪却也无伤自在，不亚于海天空阔处的飞鹤梳翎。物质生活的贫窘已经不能局限精神的伸展，所以"匡床布被生涯暖，但愿冬眠不愿醒"，是主动地不愿醒，因为床本为休憩而做，能安适于睡眠就行，为外在的那些强加的目标而辗转反侧夜不成寐，实在是自己给自己戴上的笼套，超越了人生本来的意义。

因此，胡六皆先生以街道主办性质的小厂工友身份，参加一班诗友或书法家组织的诗社活动、书法活动，即使不被主流社会以诗人书法家身份并由官方以职业及工薪等评聘成为某种"级别"，却明显在内行处获得了认同，更能得到心灵慰藉。这一类的诗歌如《贺碧湖诗社重开》《碧湖诗社复社二周年纪念》《甲戌重九碧湖诗社邀集开福寺拈得"扫"字》《楚风诗社成立》《黄金城大酒家笔会》《戊辰仲夏参观南郊公园彭吟轩先生书画展题赠》《一九八八年元月在湖南宾馆为龙年大赛评字》等，见题知意，不赘述。

二、深厚的学养是诗联及书法创作的基础

旧体诗词对联之难学之逐渐退出文学的舞台中央，原因众多，最主要的大约在格律，其不仅为年轻的学生学习

的障碍，即使是大学的中文专业教师，也因未曾系统学习又基本不作为专业考试内容（大约只古代汉语和古代文学课程有所涉及却远非主流内容）；还因课程增加政治、历史、外语等，限于时间，学生也无暇背诵，读得少又不需写作练习，加上国家提倡普通话，许多字的平仄读音又发生了变化，传统文化虽被有识者提倡，却总也回不到教育的主流轨道上，而胡六皆先生及他的同辈人等尽管未曾接受大学中文专业的教育，但从小耳濡目染，蒙学手指口诵，所接受的古代文学作品，断非今人可以想象。比如集句联就成为一类，如：

集句赠易祖洛先生：

其二

纵酒已无年少梦；（宋·陆游《新秋》）

开篇时与古人游。（宋·陆游《晴甫一日复大风雨连日不止遣怀》）

其三

彩笔昔曾干气象；[唐·杜甫《秋兴八首》（其八）]

青袍今已误儒生。（唐·刘长卿《送严员外》）

集句赠方潜明先生：

出淤泥而不染；（宋·周敦颐《爱莲说》）

处涸辙以犹欢。（唐·王勃《滕王阁序》）

周世昇先生对此联有评："方公年八十，拾垃圾为生，而志行高洁，博读靡疲，既工诗词，又擅骈文，一生豁达，与世无争，而处涸辙以犹欢者。"

集句嵌名赠成五一：

五更晓色来书幌；（宋·苏轼《雪后书北台壁二首·

其一》）

一片冰心在玉壶。（唐·王昌龄《芙蓉楼送辛渐》）

再往下看，所集者，有名篇熟句，也有生僻篇句；有唐宋诗词，也有晋元作品，还有孟子语录。比较明显的是，唐诗为主，但并不以元白温李的名篇佳句为主，可见先生阅读记诵范围宽广，如果不是在中华人民共和国成立后为主要读书时间，尤其是他在右手致残勤练左手书法占去许多时间的中年以后，那先生小时候读书之广博之扎实，也是不可想象的。因为要达到先生这样的水准，不光是将所用典籍熟读便可，那是需要背诵才可以使用的，在《胡六皆辑》的编辑过程中，读作品先判断是集句，然后寻找所集之句的出处，往往需要花费相当的工夫。

同样的问题还表现在用典上。如《黄曾甫先生有揽揆之喜，哲嗣孚若世兄亦于是日授室，易祖洛作序，以诗为贺》这个诗题，"揽揆是生日的代称，揽，通'览'。吴梅《词学通论·概论四·明人词略》：'庚寅揽揆，或献以谀词；俳优登场，亦宠以华藻。连章累篇，不外应酬。'"；"授室，本谓把家事交给新妇，后指娶妻。语本《礼记·郊特牲》：'舅姑降自西阶，妇降自阼阶，授之室也。'孔颖达疏：'舅姑从宾阶而下，妇从主阶而降，是示授室与妇之义也。'宋·朱熹《答吕伯恭书》：'此儿长大，鄙意欲早为授室。'"如果不用注释，不能将这个诗题读懂的人只怕不在少数。

又《楚风诗社成立》："阊阖天阍四面开，辎轩驻马采风来。玉壶朗彻三秋月，艺苑欣逢一代才。诗债日增驴背重，壮怀风发马蹄催。看君高树骚坛帜，五凤楼前斗柄回。"

　　阊阖，传说中的天门。天阊，天宫之门。辎轩，古代使臣乘坐的一种轻车。玉壶，东汉费长房欲求仙，见市中有老翁悬一壶卖药，市毕即跳入壶中。费便拜叩，随老翁入壶。但见玉堂富丽，酒食俱备。后知老翁乃神仙。事见《后汉书·方术传下·费长房》。后遂用以指仙境。唐陈子昂《感遇》诗之五："曷见玄真子，观世玉壶中。"宋王沂孙《无闷·雪景》词："待翠管吹破苍茫，看取玉壶天地。"清孔尚任《桃花扇·入道》："玉壶琼岛，万古愁人少。"驴背，古人有骑驴索句，借指吟诗。五凤楼：楼名，唐及后梁在洛阳建有五凤楼。构建精美，气势宏伟，常用以比文章。

　　这些典故，散见于儒家经典及史书诗歌戏剧杂记，进一步说明了先生读书之广博扎实。尤其是，仅用典一道，即可以使表意成为极具美感的文字，如果加上平仄韵律，则还在诵读上展示出抑扬顿挫的声音之美，尤其使人着迷。罗冈先生说："先生雅好京昆，擅长音律。尤其推许晚唐许浑，能避其所短，学其所长。"此言得之。

　　其实还可以由此探究胡六皆先生的书法成就。先生书名大于诗联之名，于书法一道，已有许多说法，但多半只在碑帖等项上溯源，少数也有论其书法有书卷气的，却总是浅尝辄止，提及后轻轻放过，让人莫名其妙。

　　"书卷气"自然与书卷相关，经商或务农，只是职业行为，而如果读书不止，对那些前人共同的见识积淀化为己有，形成当下的个体与无尽的前人既有浓郁共情又有鲜明个性的体味识见，成为超越职业的文化气质，自然凝结在其人的身上，并流露于其人的行为，写诗也好，写字也好，提笔便自然显现，散发出高雅脱俗韵味，这是学习者按照葫芦画瓢的法子学习而学不来的，也是文学作品和书法的魅力所在。否则写一辈子的字，只在账本间见铜臭气；写一辈子诗，也只在文字间见庸俗味，乾隆皇帝一人写诗四万三千多首，《全唐诗》两千多诗人也就四万八千来首；流传价值无须多说。

三、胡六皆先生是具有深厚学养的一代人之代表

以胡六皆先生的朋友圈看，可以证明并非他一家如此对待晚辈的学习，那是一个时代、一个社会阶层对待自己家族后辈在培养方面的寻常状态，在家庭有条件有能力的情况下，长辈亲炙，就叫"幼承庭训"，或者送家族祠堂或者社会力量举办的学校，总之是轻易不让后辈失学。而后辈在学习一道上，大多能诗，绝对书写漂亮。以下就《胡六皆辑》收集的胡六皆先生有诗联来往的好友情况以证明之：

或者，这些人是名人之后。如周世昇，父亲早逝，从小寄居中国近代民主革命家叔父周震鳞先生家中，为周士钊先生（毛泽东同学、诗友）族弟；黄曾甫先生为清末礼部主事黄兆枚的侄子；陈子定是民国湖南高等法院院长陈长簇的侄儿；萧长迈是著名教育家、毛泽东表兄王季范的侄儿；刘作标为中国近代民主革命烈士宁调元之外甥；等等。

又或者，诗书并修，痴心不改。如史穆、史鹏兄弟，幼承前清秀才祖父庭训，即使曾考入黄埔军校，也主要得力于书法和旧体诗联；宋槐芳更是一生专心于嘤鸣诗社，

胡六皆先生每有诗作，辄首发《嘤鸣集》，他刊有先生诗作，皆为转载；练霄鹤则工书法，善书论，精鉴赏；等等。

又或者，以一生谋一事或一艺，百折不馁。莫立唐自创斧劈书法；彭吟轩作为长沙市老年大学创始人，连续二十年任长沙老年大学校长；还有幼年家境贫困，在破烂的庙宇中读私塾，庙宇的土墙和地面潮湿，以致足部因伤致残终生不便的明真法师；等等。

这些人，大致出生于1920年前后十年以内，可以说是胡六皆先生的同时代人，多是一生得益于诗词书法，与胡六皆先生一致。在这些人生活的时代，写字和作诗并不是职业，比如在当下开轿车，虽说也有以之谋生的，但基本只是一种技能而已。

能把并非谋生的技能反复淬炼，不断提高，只能说是因为入骨的喜爱。读书写字成了生命中不可缺少的成分，就如空气和水，虞逸夫先生感慨道："得意之时，曾无骄吝傲物之态，今际衰残失志之会，亦无畏葸自卑之感。忧愁烦恼不入于灵府，能自乐于富贵贫贱者之外欤？君固未易识也。"只有这样，才能理解胡六皆先生在右手致残以后，能练出一手超绝的左手书法，右手也能重新执笔，但先生从来不玩左右开弓的噱头，尊重书写，尊重书法，一如他尊重表达，尊重诗联这样的中文表意形式。

先生《自挽联》道："何用衣棺，烧却文章烧却我；饱经忧患，不曾富贵不曾穷。"上联将自身与文章化为一体，在火中如凤凰可望涅槃；下联道出饱经忧患的结果，富贵贫穷具体的生活，已然落到了问题之外。《甲戌重九碧湖诗社邀集开福寺拈得"扫"字》："下笔不达意，读书悔不早。努力爱春华，未死莫服老。"在这样的人面前，就真的只剩下"苦其心志，劳其筋骨，饿其体肤，空乏其身，行拂乱其所为，所以动心忍性，曾益其所不能"，胡六皆先生的格局，就这样展现在读者面前。

旧时有一儿歌，小孩子"不怕太阳晒，也不怕那风雨狂，只怕先生骂我懒呀，没有学问喽，无颜见爹娘"，自然让位于亲情，亲情让位于读书，大约可以说明先生那一代人具有深厚学养的原因，那是一个时代的传承，先生只是其中代表而已。

四、结语

胡六皆先生一辈子不以诗联书法为谋生的手段，但其诗联书法成就极高，因为他已经在这两个方面完全不计较个人的得失，完全超越了功利目的，纯以审美的态度来完成，使得生命也就不再只局限于具体的生存状态，而有了质量，有了超越。

这得益于胡六皆先生所接受的中国传统教育，得益于在接受教育时所处的时代，更得益于先生对诗联书法的创作表达不离不弃执拗相守，得益于先生在任何起伏转折变化中的通透坦荡及由此带来的淡定从容。

（王定，1960年生，湖南师范学院中文系毕业。湖南第一师范副教授。为湖南省写作学会副会长、监事长，湖南省作家协会、湖南省楹联家协会、湖南省诗词协会会员。）

登山则情满于山，观海则意溢于海
——胡六皆先生诗歌选析

关波涛

　　长沙胡六皆寓盦先生，书法气魄古雅，意度精严，名重一时，而知先生工于诗者鲜，此诗名为书名所掩耳。当今之世，号称"诗人"者日众，所出各类诗集汗牛充栋，然佳作绝少，盖世人好尚浮夸之故。先生高足仰之兄，穷数年之功，多方搜求，集先生诗联一册，以待付梓，因得拜读再三。先生淡于名利，所作之什，或雄浑、或质朴、或沉郁，既继承传统，又自出新意，多有独到之处。

　　诗歌之语言，需反复推敲，方臻精粹，才能最恰当地表达作者丰富而微妙的思想感情。请看《毛泽东诞辰一百周年纪念》："浊世谁敲醒世钟，睡狮初醒气尤雄。重评历代编年史，力挽千钧射日弓。御侮独担天下任，开元升起国旗红。空前事业长征路，百岁虽终路不终。"中间两联气魄宏大，刚健有力。尾联一气呵成，豪迈激扬。细品此作，议论、叙事、抒情熔为一炉，语言凝练，气势雄伟，不让古人。

　　诗品即人品。我们看《感遇》其四："一肢虽废一身全，领略春光四十年。欲报明时无弃置，弯弓犹恐缩难穿。"先生右手曾因故受伤，以致五指痉挛，故有"一肢虽废"之说。后经苦练，先生反而左右手都能书写。其间甘苦，谁人能知？《感遇》其诗，后两句皆用典故抒发情怀。第三句反用孟浩然"不才明主弃，多病故人疏"诗意；第四句用"强弩之末势不能穿鲁缟"典，语言双关，含蕴丰富，余味无穷。我们再看《题大雁塔》："雁塔风高八月秋，慈恩寺里旧曾游。文章自古无凭据，何必题名在上头。"文章真的没有凭据吗？留给读者巨大的想象空间，会心者自当一笑。"何必题名"，先生淡泊名利的洒脱形象如在目前。《赠常德烟厂》其三："不必牢愁借酒浇，不愁茶渴饭难消。臣心久已坚如铁，耐得烟熏与火烧。"此作语言质朴而幽默，耐人回味。先生的这类诗都言简意赅、语淡味醇，表明了先生对人生的态度，体现出先生高尚的人格。

先生对友人的敬重和真挚感情，显现在用心灵的笔触所描绘的诸多赠友诗中。如《赠宋槐芳先生》："襟怀如水鬓如霜，搜集吟笺入锦囊。爱此诗坛干净土，槐花黄发满庭芳。"宋先生是长沙嘤鸣诗社的创始人，生前将积蓄人民币三千元整托其子女捐赠诗社，真正是"襟怀如水"。而"干净土"所传达的思想感情则是不言而喻的。全篇短短二十八字，宋先生的风采、气度、品格，栩栩如生，跃然纸上。

请看《南天门》："直上南天叩帝阍，闲愁还逐暮云奔。何如掷与西风去，吹落云中不着痕。"一"掷"字，何等浪漫！何其潇洒！"登山则情满于山，观海则意溢于海，我才之多少，将与风云而并驱矣。"（《文心雕龙·神思》）

余爱好诗词，尝与省内时贤俊彦相游，每论及先生之作，皆叹赏不已。先生仙逝多年，余以未得先生亲聆教益为憾事。今不揣谫陋，谨志高山仰止之情而已。

（关波涛，1976年生。字浚源。湖南省诗词协会副会长，岳麓诗社副社长，长沙市嘤鸣诗社副社长。《岳麓诗词》主编，《嘤鸣集》常务副主编。）

春风香到锦衣斑
——寓盦先生酬赠词浅析

黄　强

　　寓盦胡六皆先生名满潇湘，是湖南当代书法诗词大家，书法直追魏晋，近体诗出入中晚唐，词则规模婉约一派。有幸从仰之师所编《胡六皆辑》初稿本，读到先生酬赠词，但觉绮丽秀逸，试浅析几首求教于大方之家。

　　其一，《浣溪沙·孔馥华先生八十大寿诞》："月下仙衣立玉山，石榴花发映朱栏，金樽檀板伴人间。　　闲却当年歌咏地，只携玉树一株还，春风香到锦衣斑。"此词开篇便不凡，将人引入月光如水人玉立的仙境之中，富于浪漫主义色彩。接着展现出来的一幅又一幅堂皇瑰丽的场景，是仙境？是人寰？石榴朱栏，金樽檀板，歌咏玉树，香风锦衣，虚实之间，孔先生八十寿宴的盛况异彩纷呈地展示在我们面前。孔先生是京剧名票，曾拜杨畹农先生为师学习梅派青衣，被誉为"长沙梅兰芳"。这首词便是结合孔先生这一显著特点进行创作的。此作辞藻华丽，情感缠绵，切人切事，耐人寻味。寓盦先生另有《朝中措·孔馥华先生八十大寿诞》，创作手法相似，后者偏向写实，与此作为姊妹篇，可以一同参看。

　　其二，《鹧鸪天·沈绍禹先生八十寿诞》："银烛秋光七夕余，乘槎来访沈归愚。幽兰丹桂同凝露，秋水南华静读书。　　心淡泊，貌清癯。苏家巷里有新居。好将八十耆年会，画作金婚举案图。"沈先生曾任九三学社长沙市委副主委、九三学社长沙市委名誉主委等。这首词上阕点明了时间、人物以及人物的地位和品性；下阕是感情的进一步升华，既有对沈氏的赞颂，也有对沈氏夫妇的祝福。此作结构严谨，层次分明，娓娓道来，朴实淳厚。

其三，《鹧鸪天·赠刘迪耕先生》："小苑栽花竹作篱，清癯雅称岁寒姿。情生好梦常贪睡，老尚多情学卖痴。

人半醒，柳垂丝。一丘一壑寄相思。意中春色真堪画，犹恐新装不入时。"刘先生是著名的山水画家，曾为湖南省文史研究馆馆员。为人乐观豁达，幽默诙谐。六十岁后，仍潜心研究古今绘画技法，每日作画不辍，并于庭院中培植花木以养性怡情。耄耋之龄，还骑电单车前去长沙市老年大学教授国画。凡向他索画学画的，他均不厌其烦，有求必应，被人称为"好好先生"。胡、刘二位先生是至交好友。此作上阕是实写，将刘先生的一些日常生活情形作了简明扼要的概括；下阕是对刘先生绘画的肯定。"一丘一壑寄相思"赞扬刘先生寄情于山水画，因为胸中既有前贤的山水名画，又有自然美景，故能信手画来便成佳作。"意中春色真堪画，犹恐新装不入时。"赞扬刘先生"学古不泥古"和"与时俱进"的艺术追求。因为刘先生在笔墨技法上博采众长，融会贯通，在构图上不落前人窠臼，故而画作千姿百态，风貌各异。此作章法深然，措辞华美，将艺术家执着追求、勇于创新的情怀抒写得淋漓尽致。

对唐宋词有过研究的读者应该知道，婉约派对用词有着严格的规范，除常见词汇外，几乎要求"无一字无来处"。寓盦先生这几首词严格遵循了婉约派用词的要求。

读到这些词句，都有似曾相识的感觉，前人诗词中的场景与意境仿佛与寓盦先生的词进行融汇交错，令人意醉目迷。宋代沈义父《乐府指迷》提出了婉约词派的四个标准："音律欲其协，不协则成长短之诗；下字欲其雅，不雅则近乎缠令之体；用字不可太露，露则直突而无深长之味；发意不可太高，高则狂怪而失柔婉之意。"较之寓盦先生的词作，将其归于婉约派当是合适的。

　　（黄强，1983 年生，中华诗词学会会员，中国楹联学会会员，长沙市嘤鸣诗社副社长。）

味之者无极，闻之者动心
——寓盦先生诗词浅识

黄　初

自晚清以降，湖湘文风昌盛。士之抱负奇气者，发其蕴积，作为诗词，可咏可颂者夥矣。今之视昔，日月星辰，晔晔其辉，曷可及也？

长沙寓盦胡六皆先生，幼承庭训，学贯经史，旁通释道。虽饱经忧患，尤以诗书为乐事，素为士林所推许。凡一视一听之顷，有动乎于衷，辄山川古迹，草木虫鱼，人物时事，题赠唱酬，无不形诸舞咏，自能感发人心，识者莫不叹赏。伏读其作，或深远若无际穹苍，或沉着若夜渚明月，或雄浑若浩渺江河，或冲淡若在衣惠风，或飘逸若闲云野鹤，或旷达若杖藜行歌，或绮丽若画桥碧荫。涵容万化，美不胜收。长沙自古形胜，岳麓巍巍，湘水汤汤，蕴秀滋华。才士之出，原非偶然，不朽之名，岂无所托！

仰之罗冈先生，寓盦先生关门弟子也。壬午孟秋，余负笈长沙，幸得仰之师亲炙。是时，师正搜集寓盦先生诗词，因曾拜读，叹为观止。廿余年中，师广征博搜，编成《胡六皆辑》，同人莫不激赏。

愚生也晚，憾未获寓盦先生之面命，口占一绝，谨致景行之意！"饱经忧患寄临池，左右逢源挺素姿。一炬成灰归净土，井间犹听竹枝词。"

（黄初，1984年生，中华诗词学会会员，中国楹联学会会员，湖南省青年书法家协会会员，长沙市嘤鸣诗社副秘书长，长沙市书法家协会会员。《岳麓诗词》编委，《嘤鸣集》副主编。)

六、艺海钩沉

寓盦其人其书

虞逸夫

　　20 世纪 70 年代中期，四害既除，举国称庆。予亦以大赦得解二十八年之禁锢，自鄂西至长沙。

　　不卜而与胡君六皆为隔巷之邻，同游共宴，情好日笃。方谓此欢可久，不意君之倏尔长往，返其故宅已数易寒暑矣。彼方偃息于冥漠无何之乡，归真于自然，不得复见于此世间矣。人生苦短，逝者不回，释氏泡影之喻，诗人朝露之譬，信不诬也。

　　君暮年衰谢多病，行不及远，言不扬声，臂瘦如槁木之枝，掌背骨露，四指不伸。每见其作书，提笔若蟹螯之钳物然，以一指之力兼众指之用，其艰苦可知也。从容落墨，似轻而实沉，运缓而不滞，虽无兔起鹘落之势，而有犀行象步之概；笔笔劲挺，字字妥帖，结构既极紧凑，布局尤为谨严，而又绝无窘迫寒俭之态，以其用力既深，故能去华存朴，藏巧于拙，不求其奇而奇自生耳。审其体制，方正似唐楷，质实如汉隶，参之以北魏之野逸，变而通之，自成一家之书，非斟酌古今之宜，交融南北之美者，无以臻斯佳境也。

　　君之所谓寓盦者，乃僻巷编户中数椽容膝地耳，卑湿晦昧，细民之所不堪。而君偃仰其中，习书课孙，恬然无不悦之色，布衣蔬食，恂恂如村师，颇似素以绳墨自守之士。今乃知其初不如是之谨饬无兢也。

君本富家子，少时纵任如脱羁之驹，每不惜倾囊以博一快。凡世间可娱可玩之所无不至，可无意者无不为。乘兴而往，乐而忘归，不知岁之有春秋，日之有昼夜也。又多蓄外室，其中俄籍二姬尤为妩媚云。君可谓不负此生矣。吾独多其往者得意之时，曾无骄吝傲物之态，今际衰残失志之会，亦无畏葸自卑之感。忧愁烦恼不入于灵府，能自乐于富贵贫贱者之外欤？君固未易识也。君浩劫中疲于力役，重创其手，血肉淋漓满地，气息仅存，而竟得不死者，岂非置之死地而彼苍有意活之欤？君自此结习尽除，前后判若两人，恍若大梦之乍醒，且不知故我为何物，又安知茫茫过去事乎。

后生遇君于垂暮之年，若观龙于云雾之中，见其尾未见其首，莫测其本真，故备述其生平曲折变化之状，庶使赏其书者，得识其全貌焉。彼以一生不平凡之经历，造就其不平凡之书艺，死而犹而为世人所爱惜，是其不亡者长在，寿且无穷也。古来以势位富厚显赫一时者多矣，没而身名俱灭，与草木同腐，若辈视寓盦为何如哉？

孔生小平，早岁桀傲玩世，而好从长者游。每观寓盦作书则喜，默识手摸，颇通其笔意，假之时日，未可量也。今欲集印寓盦遗墨成册，以广流布，借报平昔诱诲之恩。请序于老朽，吾嘉其困不失志，富不忘故，有侠义之遗风。故勉为此文，乐成其美举焉。

录自 2020 年孔小平主编《胡六皆书法作品集》

也说六皆先生

刘一闻

胡六皆先生的字，是我 20 世纪 90 年代初公差鄂湘时，在长沙街头的招牌上偶尔发现的。记得当时甚是惊讶，湖南一地竟有此等高明写手？我之所以显得惊讶，在于我识见不广，此前对于胡六皆其人其事，居然一无所知；另外，的确也是胡先生书法在当时全国的影响有限之故。

按年龄算，胡先生可称是老一辈书家，这一年龄层的书家，全国各地都有一些。通常情况下，如今享有声名的年届耄耋的书家，他们在四五十岁壮年时大多已经出名。就胡先生的现象看，要么一生坎坷太多，要么划归于艺术上大器晚成的那种，胡先生或可说二者皆有吧。

我之所以能够得以较多地亲睹胡六皆先生的书法佳作，是在结识了长沙孔小平之后。孔家与胡先生有世交之谊，这样，我便有幸得以细读了彼处收藏的数十件书于各个时期的胡氏真迹。对于我来说，除了享尽眼福之外，更是了解了胡先生丰富的书法风貌。我十分赞同胡氏生前挚友练霄鹤先生的评价，那就是胡书"小字精妙，大书雄浑"。那大字小字间所洋溢的几无隔隙的笔调和由此构成的和谐却又独特的整体艺术风貌，真让人从内心折服。胡先生传世行楷书一类作品为多，然当我和小平兄一次在长沙清水塘市上获观一件胡氏草书时，幅中熟稔运笔所致的神采飞扬，更令人感叹于大致以北魏雄健放旷为艺术主调的胡氏书法，何以能天衣无缝地结脉于多从帖学而来的既遒美流畅又逸笔疏疏的婉约一派书风？这样，就让我更加立体地认识了胡六皆书法之道。

在通篇运用上，胡六皆之作自有一种雄阔旷健自在独行的艺术特质，这种亦碑亦帖间的表现手法，其实在他的前期创作中已经有所显见，譬如胡氏作于1983年上款为秉言的一件真书横幅之作，遣笔结体仿佛从唐代楷书中来。此后相当时日里，他便一直游离于楷中带行或行中寓楷的笔体意味之中，此间，《兴酣诗成联语》《屈原湘君》立幅之作为其典型。

作为胡氏最初崇尚碑刻风貌的习字之作，至今是否依然能够寻得，我不得而知。然而，这并不妨碍人们去全面认识胡六皆的主体艺术风格。在创作上，讲究依据和明晰取径固然重要，但对六皆先生来说，鲜明的创作特征却同样可以作为其基本佐证。

若结合笔体形态，眼下人们所熟悉的充满铁骨柔情的胡氏书作，大致形成于20世纪80年代后期。如书于1986年的《李白赠孟浩然诗》及《白居易诗》立幅便是例证。而后，他的愈加凸显个人面目的大量作品，几乎都在90年代出现。细观之下，他在用笔上稍显侧卧的习惯手法，犹如金吉金所谓截毫而书的独到书写方式，每每透出迥与人同的风仪和神采来。

值得一提的是，六皆先生的晚年之作依旧神完气足气息益壮。如书于1995年的《稼轩青玉案词》横幅（此为赠孔小平者）、《李商隐诗》四屏，1996年的《许浑诗》横幅、《江总重九诗》立幅以及不少数量的楹联作品等，都透出如是信息。尤其是胡先生书于下世当年的《赞香港回归》立幅，更是老而弥坚，丝毫不见颓势。

当然，胡氏之书的可贵之处，从根本上来说还在于他的亦古亦今的通变本领。他的最见自家风貌的略带生涩的楷书一体，似多从魏书中来又未必全是，由于用笔的高明，通篇中时而显现的，更是一种牝牡相映之姿。胡氏隶书之作，从他的遣笔情绪和个中迹象看，尤其是起落分明的笔致，无疑显示了两京遗意的别种内蕴。此况诚如晚清书家何绍基在他的《蝯叟自评》中所说的"余学书四十余年，溯源篆分，楷法则由北朝求篆分入真楷之绪"，又云"余学书从篆书入手，故于北碑无不习"。看来，这两位相隔百年同属一域的书法家，在书学路途上，真是有着太多的相似之处。

自乾嘉以降，专事北碑研究创作的名家甚多，如金农、伊秉绶、赵之谦、吴昌硕和沈曾植等，可谓举不胜举。事实证明，在对待中国传统文化的态度上，取资愈广，借鉴愈深，继之食而能化，所创则自然不同凡响。

惜乎胡六皆先生已于1997年初春羽化登仙，不然的话，如果早些年传达及时，而使我能够幸获识荆请教之机缘，那该多好。

录自2020年孔小平主编《胡六皆书法作品集》

（刘一闻，1949年生，山东日照人。文化部中国艺术研究院书法、篆刻艺术院研究员，西泠印社理事，上海市书法家协会顾问，上海市文史研究馆馆员，上海市文物鉴定委员会委员，上海博物馆研究员。）

古人冷淡今人笑

鄢福初

胡六皆先生早岁为富家子弟，纵任不拘，暮年衰谢多病，以绳墨自守，恬然自安，颇富传奇色彩。常与虞逸夫、颜家龙诸先生交游，乃湖湘书坛名宿，不为时世所汩没者。先生书多以行楷面世，取法六朝碑版，间架颇近康南海，虽无康书风起云涌的奇姿异态，然笔势神韵自摇，一笔一画，平淡从容，笔意间六朝碑版的骨力和静气扑面而来，实非小智小慧之徒所能至，亦应了有斯人方有斯书的老话。

德国诗人席勒云："古之诗真朴出自然，今之诗刻露见心思，一称其德，一称其巧。"移之论书亦复如是。六皆先生故去不过二十余年，然以先生平静之书置今日之喧哗展厅，不免生古人冷淡今人笑之慨叹。小平兄将搜集所得六皆先生遗墨整理成册示我，一字一字看过去，有一种岁月苍茫的意境。

庚子之冬于吉庆堂

录自 2020 年孔小平主编《胡六皆书法作品集》

（鄢福初，中国书法家协会副主席、湖南省文联原主席、湖南省书法家协会主席。）

胡六皆先生遗墨展前言

颜家龙

丁丑春，胡六皆先生仙逝，噩耗传闻，书界同仁，莫不痛惋。时逾半载，先生家人与书坛友好集先生遗墨五十余件，公展于斯，以示对先生之怀念与崇敬！

六皆先生别号寓盦，长沙县人，1920 年生，享年七十有七。先生长期受我国传统文化道德熏陶，其赋性颇多中国文士之气。先生襟怀坦荡，淡于名位；虽一生坎坷，但安之若素；其与人交，笃实可亲。其善良慈祥之长者风神，给人以深刻印象。

先生博学洽闻，于诗词属对功力深厚，且才思锐敏。逢有即席吟唱或嵌字作联，辄顷刻即就，每多妙趣。

先生于书法艺术之研习尤为用力，喜以隶书及魏碑笔意作行楷书，驱笔爽朗利落，节奏明快。濡墨铺毫，不激不厉，平和写出而多天趣。所作富书卷气而无躁气与俗姿。先生之书法以风格独辟而自成家，因而誉播书坛，为时所重。

先生之遗墨展，将使湖湘书人有幸一睹先生高雅之艺术风采，促而获得教益与启迪。先生之艺术将永耀光辉！

1997. 7. 17

不愧于古，不负于今；虚怀若谷，德艺双馨

——纪念著名书法家、诗人胡六皆先生

练霄鹤

一、先生云逝，朋辈伤悲

胡六皆先生，字寓盦，生于 1920 年，1997 年 2 月 25 日仙逝，享年 77 岁。先生逝世时中国书协及有关方面来了唁电，省市文联、书协及同仁闻之者无不衷恸痛惜，或洒泪送别。事后，史穆先生有悼诗十首，情深意笃，十分感人。颜家龙先生为其遗作展、特刊、学术讨论会尽了心力。作为先生的知音好友，闻到噩耗即奔赴先生寓所，嫂夫人一见我来便号啕大哭说："你的好朋友去了啊！"我亦哽咽流泪不止……先生与我相识较晚（改革开放以后），相知却深，论书艺，先生与我有仙凡之别，论交谊却情似手足。先生去世五年有余，即使今日每忆往事，历历在目，不觉眼润。由我来写此文是很不轻松的……

先生出身"儒商"（周世昇先生语），早年饱读诗书，遍览碑帖，勤习诗词。他的爱好广泛，有丰厚的文化根底。因日寇侵华，长沙大火，财产典籍付之一炬。日后当小职员以养家糊口。新中国成立后，历经运动，在一家小工厂劳动。天不佑人，机器轧坏了他的右手及腕部，因有"曲而不伸"一印。先生多年来生计艰难，疾病缠身，瘦弱异常，但改革开放，书法再热，使其精神抖擞。他以半残之身，用右手"虎口"部夹笔或左手执笔写字，小字精妙，大书雄浑。"潇湘书法大赛"先生夺得头筹，从此书

艺得以大显于世。之后，三湘名胜古迹、碑林诗墙，题写殆遍。省外如纪念堂、纪念地、博物馆或个人求索等，有请，必全力以赴。书有不合意者，必重写之。先生之敬业精神如此。

先生逝世前数年由于拆迁而移居杏花苑小区。路太远了，不能经常去看他，所以在他逝世后我才听说，他为一个爱作联语的老华侨写了两百来幅对联，为几个朋友写的作品均在百幅以上，而其所得回报似乎甚少，清贫如故。现在市场上先生的书幅价重千金，然身外之物，倘能爱惜一点自己，是可以多活几年，多留一些精绝之作的。但他却过早地用尽了自己的精气神，一次感冒，即致不起，撒手而去……

二、不愧于古，不负于今

三湘为人文荟萃之地，人才辈出，欧阳询、怀素、李东阳、何绍基等皆产于此。中华人民共和国成立后还有不少下笔可传、足以为法的书法名流。就长沙一地而论，即有彭汉怀、黎泽泰、张一尊、徐鑫龄、萧长迈等。然世易时移，老成凋谢，到改革开放时就寥若晨星了，所以我20世纪80年代初在一次笔会上看到先生的诗与书法时即惊喜不已，因为又发现大手笔了。当时我称胡老的诗书直可与散原先生比肩而立（散原即陈三立，陈衡恪之父，德业、诗、书为世所重）并说"散原先生诗名甚大，六皆或不能及，而书法艺术，六皆却超过散原"。把前后两代人相比，是因为他们的书艺都深受汉魏碑刻的影响，与湖湘另一派重视唐宋碑帖者面目有所不同。他与散原都是诗人，两位书法形象有异，然字里行间都有一种优秀传统在，有很浓厚的"书卷气"在。

先生师法高古，以篆隶之笔作行、楷，结字多取横势。技法精熟，既"下笔便到乌丝栏"，又"节节换笔"，所谓不激不厉，风规自远。先生的精品书作，笔笔皆活，每个字都是一个活泼的生命单位，点画安排之精妙，是一般书家者流所难以达到的。

先生的字在结构上甚为严谨，又师古不泥，敢为天下先。皆缘精研古今，以成己体，取其长而不露形迹。"删繁就简"是先生常用的手法。疏可走马，密不透风，观者亦不以为过。先生为人谦和，与人为善，有古君子之风。同步街上，即时贤所书匾额，亦驻足观摩，择善而从。世人多轻视赵子昂书，而先生案头亦有赵字帖，以备浏览。有容乃大，岂虚语也。这都是值得我辈学习的。

先生从不批评别人，有可称者则称赞之。但先生于书法是得道之士，眼界甚高，也不轻易赞人。有一次谈及云南的爨宝子碑，我说沙孟前辈曾言爨宝子碑"书刻俱劣"，与康南海所言"肃穆如古佛之容"大相径庭，先生问我的看法，我以"愚谁能及，妙不可言"八字对之，先生竟拍案叫绝，令我汗颜不已。其实沙老前辈的真意我是清楚的，当举世崇尚丑怪之际，爨宝子碑不宜初学的，而高人却可以从中吸取营养，获得灵感。广东秦萼先生就学得相当好，既厚重，又风姿绰约。

先生书法在京、津和江浙一带都有好的声誉，也得到大家如赵朴初老前辈的称赞。当代名家刘一闻先生说六皆先生的书法有真正的全国一流水平，是三湘书艺的优秀代表。我赞赏这些人的眼力。

三、德艺双馨，垂范后昆

"右军书法晚乃善，庾信文章老更成。"胡老六十岁左右，书法已很老苍成熟，晚年精进悟道，"从心所欲不逾矩"，进入了化境。前人说书如其人，其实指的是人的某一方面，我看主要是审美取向。胡老行楷书横平竖直，圆行方止，有板有眼，栩栩如生，一如其人之体格清癯，谨慎机智，充满了智慧。然其对联及径尺大字却朴厚雄健。曾见其八尺大屏，写自作诗，真可谓"浓墨重彩"，辉煌灿烂！假如你不认识他，你不会相信这是一个羸弱多病、七十多岁的人写的。他没几支像样的笔，而无论大字、小字却甚伟岸。但他是一个受人一饭终身难忘的人，有无润笔，润笔多少，他从不讲究，也从不向人开口。但问耕耘，不问收获。先生之胸怀如此，先生之为人、德行如此。所以我认为先生是位德艺双馨的书法家，他的书法、德行都足以垂范于后世！

谁说今不如古，把当代书法除留几个"样品"外一概视为"垃圾"的人是不是太无知了？太轻薄了！书法作为一个群众性的艺术活动是无可厚非的！只有汉字才可能成为一种艺术，而且由于其模糊性而深不可测。像围棋黑白两种棋子，可以变化无穷，高手之外有高手。但围棋可以计算输赢，而书法却难以测算。"书到一流难品次"，等级可以大致分一下，比如一、二、三等，以下为等外；但也只是大致分分而已，一涉及具体作品、具体人，连专家也会蒙头。何况真正的专家、通人古来都不多。所以我说人人可以学学书法，正确地使用汉字，从中得益，但我们国家需要成百万、千万的科学家和各方面的专家，科学技术的成果可以"立竿见影";书法则不能,它要受到当时人的评头品足,他们很挑剔!也要经受历史的考验,而且误差是很大的!

大约在 1986 年,我写了一篇《书法能不能脱离文字及其他》的短文,副标题是《书法的问题是高度》。书法的问题是高度,当时我也是有感而发。现在的书法事业蓬勃发展,全国各地都出现了一些中青年书法家,有些人文化程度较高、路子也很正,因而前途不可限量!但"书法的问题是高度"这个问题仍然存在,需要从事书法的同志继续努力。我们现代人比前人有更好的条件,我相信在新的世纪里会有一批优秀的大书家出现。

因纪念著名老书法家胡六皆先生而写此文,也想到了书法的发展问题。是也非也,请同人们多多指正。

录自 2002 年 7 月 12 日《南楚印社》

留与人间翰墨香

——忆胡六皆先生

谭秉炎

每当我拿出自藏的胡六皆先生遗墨欣赏时，眼前马上浮现出"六爹"的身材——一个面貌清癯、身材瘦小、体态文弱的老人。

第一次听到胡六皆先生的名字，是在"文化大革命"刚结束的 20 世纪 70 年代。那时候正值浩劫之后，百废待兴。省、市都还没有成立书法协会，长沙市成立书法研究组，许多名老书家都是成员，周昭怡先生任组长，史穆先生是副组长之一。作为小字辈我有幸参与其中。当时六皆先生的书法还鲜为人知，而其侄胡慰曾已是书名显赫，他也是书法研究组的成员。他拿出六皆先生的书作给我们大家看，我记得是一张写在普通印刷纸上的楷书。说实话，就我当时的书法水平，真看不出其书的妙处，却受到了老书家的首肯，尤其是受到了练霄鹤先生的交口赞誉、极力推崇。随着本人见识的提高，渐渐我也明白了六皆先生书法的超人之处，便也逢人就赞誉六皆先生的书法。此时总有不少圈里圈外的人问我："你说'六爹'的字好，到底好在哪里？"这也难怪，初看六皆先生的书法（特别是常见的行楷书），横平竖直，笔画匀整，结体平正，实在很难一眼看出其妙处。但细细品味，就会发觉：他用笔虽多是直来直去，笔画看似匀整却轻重不同，起笔含锋入纸，中行沉着涩行，然后驻笔紧收，因而笔画非常坚实。看似平正的结体，却有非常多的小变化。他特别善用简笔，经常有意到笔不到之处，也特别喜用借笔，借写完的某一笔为后写部分的某一笔，从而省约一笔。如此等等，奇逸之趣时时可见。当然最令人称赞的还是他独特的气息高古、格调雅致的书体。

六皆先生的书体，有的说学康有为，也有的人说像张伯英。其实他最初所爱所学是赵体。他最早赠我的一横幅自书诗就有很明显的赵孟頫书法的痕迹。平日与他交谈中，他多次表露过对赵书的赞赏，对历来的贬赵之说不以为然。由于有清以来，崇碑之风盛行，湖湘文学与书法名宿写北碑者众多，受此影响，六皆先生钟情北魏墓志铭书法，他很善学，不拘于一门，不泥于形似，常在楷书、行楷书中融入隶书笔意和张迁碑的体貌。他传世的隶书作品不多，但看得出在隶书张迁碑上下过功夫，颇具功力。他也很喜欢桂馥的隶书。总之，六皆先生以其过人的学识才情，熔铸百家，形成了自己独特风貌。如果与某大家的书法近似，那也只是暗合而已。六皆先生传世以行楷书为多，但其行书更觉生动有趣。六皆先生赞评他人书法，常用说是：干净、索利（不拖泥带水）。而其本人书法正可用"干净、索利"再加上"简淡、静逸"八个字概括。

六皆先生也是一个诗人；他的诗如其书，如其人，不堆砌辞藻典故，冲淡简朴，平易近人。他的才思敏捷，每有应景之需，闭目静坐片刻，或诗或联，立时而就，总是那么贴切、自然。而后顺手书出，诗书皆佳。观者无不称绝。他的诗有情有物，从不作无病呻吟，每有感慨，心寓之于诗。"全国第五届书法展览"征稿时，他写过一扇面书法自作诗四首，诗云："五凤楼高入紫薇，冰盘仙露斗珠玑。秋风催试涂鸦手，白发童生怯棘闱。""着眼偏高着手低，年年月落与乌啼。良辰美景新题目，对酒当歌对景题。""鲁鱼帝虎误人多，雁阵横空夜枕戈。学海秋高投笔去，墨池风静扣弦歌。""一回书展一回新，四海论交翰墨亲。返璞归真方识我，标新立异亦由人。"写出诗人对参加全国书法展的重视，认为全国书法展是加强书法界交流的一年一新的成功活动，向全国书法展投稿就像进京赶考一样的心情。诗中对以往全国书法展中的一些作者写错别字及书写内容陈旧的现象提出了批评，对标新立异的作品表达出宽容态度，道出了自己坚持返璞归真的主张。

六皆先生为人谦和，富于幽默感。记得长沙市书法家协会在 1989 年编印过一本书法小集子，当时已征得了他的稿件，不久他自己觉得不满意，又写了几张，令人送到我家，并附有短简，说："送上几张涂鸦丑字，以供选择，不知能入足下及练老法眼否？新写隶书一张比上张似觉稍好一点，有一张下笔想学练老，真见鬼，他下笔便古拙，我下笔便是丑女着时装当模特，令人作呕。总之宜少不宜多，以少出丑为妙。"其做事认真、谦和幽默由此可见一斑。说他谦和，还因为他从不以书法家、诗人自居，对一些人在名片上赫然印着著名书法家、诗人、画家等，他说："这些头衔要别人称呼，怎么可以自称呢？如果是写上协会的职务，为会员、理事之类那是可以的。"每有人求索其自书诗，他谦称自己的诗不好，总是写前贤名篇名句以应（专门题赠者除外）。

六皆先生从来不看重自己的书作。由于工作原因，经我手送还给他的已裱好的参加历年书法展览的书法作品有数十件之多，他几乎全都赠予了喜爱其书法的亲朋好友。他也不为自己留下得意的佳作以传后人。就像他写的诗文对联，多是写在白便条纸上，过后随手一扔，不留诗稿。记得有一次他与我谈到了他很喜欢王渔洋的《秋柳》诗七律四首，说要写一张字送我。我知道他特别喜欢写已经画好了格子的纸，便计算好字数，用鸟嘴笔在八尺横幅上画出规整的赭色格子，共两张。我对他说："您写一张给我，写一张自己留下。"他经意地写了两张楷书精品，送我一张外，却将另一张主动送给了另一位他所喜欢的书友。六皆先生太淡泊了，淡泊到从不想办个人展览，从不想出书，甚至不想留下得意之作。难怪他在《自挽联》中写道："何用衣棺，烧却文章烧却我。"他是一个真正想不留痕迹在人间的"看破红尘"的哲人。

胡六皆先生，号寓盦，1920 年出生于长沙一个非常富有的儒商家庭，1997 年去世。中华人民共和国成立前过着优裕的生活，中华人民共和国成立后进印刷厂当工人，曾因工伤致右手指腕不能伸屈。工资微薄，生计窘迫，有一年岁末为某海外富商廉价书写对联百幅，仅得区区数百元以应过年急需之资 。他在《自挽联》中说自己"饱经忧患，不曾富贵不曾穷"其实是幽默调侃之词。观其一生，应是"也曾富贵也曾穷"的。尽管如此，他安之若素，襟怀豁达，开朗幽默，温文尔雅，平淡随和。其人格之真，其人品之高，堪为我们后学的榜样。

原载 2002 年 7 月 12 日《南楚印社》

留与他年故旧看

——胡六皆书法初探

皮祖政

　　南楚印社艺报要做寓盦的专题，拟定不同年龄段老中青三辈三人行文。老者，寓盦生前老友镜斋练霄鹤是；中者海曲刘一闻是；青者，德山皮祖政是。谓：三人行必有吾师焉，斯二人者，均是德山的前辈师长，我厕其间，惶惶夹带欢喜，何其幸哉！

　　此之前，刘一闻先生来长沙举办书画印个展，我与师兄借便对其进行了访谈。刘先生与寓盦有段因缘，为购藏寓盦书法作品事。他们之间的审美取向或许相合，刘对寓盦甚为推崇："置之全国，寓盦书法亦是不可多得的佳品，书坛太重要让人们了解一下好作品，不够的太多太多……"东坡居士《答毛滂书》云："世间唯名实不可欺。文章如金玉，各有定价……至其品目高下，盖付之众口，决非一夫所能抑扬。"此便为专题的初衷。

　　因之识得寓盦书法藏家某。所谓：藏诸名山，示于世人，传之子孙。而不谐者，此某家束之高阁，秘不宣人，以为奇货可居。德山数次晤对，欲睹其藏品，当然为更多了解寓盦而不能，只得叹息。

　　说来又巧。长沙"墨·第一组"陈柳松闻知我为寓盦专题撰稿人，以为德山的笔下可以兴，可以叹。云：桃花红，李花白，云在青天水在瓶。于是翻箱倒箧，不负有心，寻得胡六皆遗墨（长沙）展（1997年9月17—21日）

的宣传小册子，其中刊载了寓盦书法十数件，顿消左右郁积。

继而拜访练霄鹤先生。练翁目明性善，倾出所藏寓盦书法小则盈尺大至六尺整纸并礼尚往来之诗文唱和墨迹册页，悉心介绍与寓盦友情订交十数载的由来。十多年前，德山逗留长沙，寓盦书名如日中天，有口皆碑，谋为拜对却无缘交结，是为望远，艺术学称之为听知觉。现在饱览摩挲，把玩寓盦书作，品味其诗，睹物如见其人，亦添慨叹唏嘘。此乃由表入里之近探。是为视知觉、听知觉并触知觉挪移者也。我想呢，这个世界、这个社会，这个那个何其美妙。有意栽花与无心植柳，是不是"天苍苍，野茫茫，风吹草地见……"？

胡六皆先生别号寓盦，湖南长沙人，1920 年 12 月 16 日至 1997 年 2 月 25 日在世，享年七十又七。其世代书香，绍其家学，长期接受我国传统道德文化培养熏陶。修炼存储，堆堆积积，骨髓胸臆充斥回荡着传统文人的狷介、耿直与不阿的气息。是气者，寓于寻常之中，塞乎天地之间，即孟子所谓的"我善养吾浩然之气"。其襟怀坦荡，识见卓荦，顺逆交柯，安而泰然。人誉之，一笑；人非之，一笑。不物喜，不己悲。不我弃，不怨艾。曾自挽联曰："何用衣棺，烧却文章烧却我；饱经忧患，不曾富贵不曾穷。"其与人交，笃实可亲，作为善良慈祥的长辈尤能提携奖掖后进，采得百花成蜜，为芸芸众生、莘莘学子而憔悴。

寓盦广学多闻强识。遣词造句，信手拈来，恣情任性，每多妙趣。子健七步，香山仙力，寓盦雁行可以无愧。有诗表记："指屈谁怜写字难，松风竹影夜灯寒。也知此后难重写，留与他年旧故看。"《明真法师灵塔》："雾敛清风晓色开，群山环拥讲经台。塔前风动双松影，疑是高僧拄杖来。"《登衡山看日出》："盘纡石磴岳峰巅，波沸云翻破晓天。火色庄严沧海静，梵钟声里法轮圆。"又诗："短褐东篱耐薄寒，晚香三径独凭栏。看君意外传神处，恰我心中设想难。笔墨新奇云水活，襟怀淡泊海天宽。平生法眼夸精鉴，世路还须仔细看。"

寓盦于书法艺术研究致力尤多。以魏碑为主基，择选取法甚为高明。何独以魏为宗，康有为《广艺舟双楫》可释迷离。一曰魄力雄强，二曰气象浑穆，三曰笔法跳越，四曰点画峻厚，五曰意态奇逸，六曰精神飞动，七曰兴趣酣足，八曰骨法洞达，九曰结构天成，十曰血肉丰美。是十美者，唯魏碑与南碑有之。

寓盦善学、善化、善变，足自名家。驱笔爽朗利索，水墨痛快沉着，构建团结紧密，布白浑然统一。公深研《右军书法》法旨。偃仰、欹侧，长短、参差；篆籀、碑碣，散隶、八分。或如虫蚀木，或如流水态；或如壮士利剑，或如妇人纤丽。乍轻乍重，云卷而云舒，刚断果决又窈窈出入，水火既济更含蓄蕴藉。点画平起若隶，藏锋如篆。云："折搭多精神，平藏善含蓄。"横竖收笔微驻出方，钩趯捺脚绞转而轻出。点画粗直圆浑，如铁柱铜墩，撑柱牢固。波撇收敛，时有横画右向伸张放锋呈击石波出。起、行、收笔，按提顿挫每多减省，干净爽快。点画构结，借笔并笔，叠递参差，营造了明快圆活的视觉冲击。减省与排铺，辩证而统一。峭拔，遒劲，妩媚，流丽，实称精能。

公右手拇指外四指残屈，握笔则以拳势。也喜左手作字，更见生拙。十指六全，疑为六皆，当为六合。用笔空中回旋作势，如农家以磨碾物，点画波撇钩皆以臂腕出，拉、抟、推、掼，无不惬意。

登高而招臂未加长而见者众，顺风而呼声非加疾而闻者彰。德山的意思，好风凭借力，假传媒之迅捷宽泛，为丰富供给，为渴骥奔泉，供世人咀嚼吮吸。此识，德山皮祖政合什。

原载 2002 年 7 月 12 日《南楚印社》

（皮祖政，湖南省书协学术委员，中南大学湘雅医学院书法教师，德山印社社长，《南楚印社》编委，《东方艺术》特约记者。）

看似平常却奇崛

——浅说寓盦胡六皆先生书艺

谭石光

　　在当今湖南的书法界有一种共识，即寓盦胡六皆先生的书法是一座高峰，堪称大家风范。尤其佩服胡老先生深厚的诗文国学功底以及仁德修养。本人很幸运，在20世纪八九十年代就有机会经常到营盘街的老家、解放四村的杏花园新居拜访请教。回想起来，胡老那和睦慈祥、谆谆长者的形象至今记忆犹新、历历在目。每次亲临府上，或目睹挥毫，赞叹不已；或聆听教诲，感慨万千；或拜读诗联，总恨读书太少，乘兴而来，满载而归。可惜年轻时，知识浅薄，技艺生疏，未能学习领略其万一。记得大约1996年12月的一天，我专程到胡老家对胡老进行了一次浅显的采访，因而对胡老的书法以及学书理念有了一定的认识。总体来看，我觉得胡老的书法是楷书章法，魏碑结体，隶书笔意，行书气韵，平和恬淡又大气开张，平中寓险，巧里藏拙，所谓看似平常却奇崛。

一、平易近人，理念之平和

　　在我的探访中，胡老特别强调"艺术要平易近人""要使人感觉可读性强""不求笔画、结体、章法之怪""写字给人总希望尽量接近人"，要注意"天然本色与修养的关系"。总之，要腹有诗书、读懂读通，还要为我所用。然后选择自己喜欢的碑帖临习。胡老告诉我，他从小读四书五经、唐诗宋词，后来很喜欢六朝人的文章。在书法学习中《黑女志》用功较多，旁涉魏碑墓志，隶书取法《礼器碑》《石门颂》。他还说写字一定要意在笔先，"横平竖直须有力，有如钢筋一般，力能扛鼎""要尽量用大笔写字"，追求"以润取胜，犹如雨过之后树叶的绿色之润"。综观胡老作品，无不印证出寓盦先生学书理念的平和。胡老特殊的人生经历，加上其对碑帖的敏锐观察力，以及学问和人生感悟，形成了他独特的书法风格，正如他老人家说的"可为智者道，难为俗人言"。胡老的学问、人生观以及学书的理念及创作手法，堪称我们后辈永远学习的榜样！

二、长横下行，结构之险峻

记得我在探访胡老时，他跟我说过"长横向右下行，任其自然"，只有将重心靠左，才能保持整个字的平衡。以本人之见，我认为这是胡老书法的一大特色，是典型的平中寓险的手法，可谓一改前人只可向右上行，重心靠右的常态。例如"亦、平、奇、可、青"都是重心靠左，显出险峻之势。同时，大部分横钩如宝盖头、常字头、雨字头等这类的横钩都是向右下行，而下面部分的笔画均向左靠紧，使得重心靠左，保持字的平衡，形成独特险峻之态。另外，还有些字的结构如"江、红、如、烟"等右边的部首大胆靠上，极尽险峻之势，又是胡老的书法特色之一。

三、钩似布带，用笔之奇拙

在胡老的书法作品中，所有竖钩、横折钩以及斜钩的书写很特殊，完全异于前人的楷书、隶属或行书的用笔方法，形状很像布带转折之态，具体写法是当笔锋铺开重压之后，即刻随势以侧锋轻挑而出，形成强烈对比，表现出灵动之趣，堪称神来之笔，别具一格，成为胡老先生书法独特的用笔方法，既显示胡老先生的大胆之魄，又能看出胡老先生的书法之妙。

以上只是笔者粗浅的认识与看法，根本不能全面地分析、认识胡老先生的书法艺术。毫无疑问，胡老先生的书法艺术独特性与他老人家的综合素养、人生阅历有着深刻的关系。由于本人才疏学浅，实属一孔之见，有望同道匡正是幸！

2023 年癸卯正月谭石光谨记于不厌不倦斋

（谭石光，1956 年生于长沙，别署去尘居、不厌不倦斋。篆刻先后师承谢梅奴、韩天衡先生，诗文请益虞逸夫、易祖洛、何泽翰先生。曾为长沙市第九届政协委员。现为中国书法家协会会员、中国楹联学会会员、湖湘文化交流协会常务理事、长沙市书法家协会名誉主席、民进长沙市开明书画院名誉院长。）

浅论胡六皆先生的书法艺术

罗　冈

胡六皆先生，行六，其名出自"谦之一卦，六爻皆吉"，号寓盦。长沙县人，生于 1920 年 12 月 16 日，因病于 1997 年 2 月 25 日去世，享年 77 岁。

1996 年春，经恩师黄粹涵先生介绍，忝列先生门墙。因侍奉先生案前为先生磨墨理纸，时得指授，获益匪浅。先生的书法从形式上已具备强烈的个人风格，在湖南近百年书法史中具有独特的面貌。因此不揣浅陋从以下几个方面谈谈我的一孔之见。

一、贯穿书史，碑帖相参

从先生众多的作品中我们可以看到，有隶书、行草书、楷书、行书几种字体。隶书、草书偶有几张，尤以自成风貌的行楷居多。先生的隶书作品，胎息汉碑。特别是隶书《魏君伯》条幅，形式上中规中矩，但用笔脱跳，老成精到，《史晨》《乙瑛》的气息很浓。对联《绣虎·腾蛟》，洒脱流畅，能看到《石门》的影子。横幅《稼轩词·老去惜花心》，却略有《泰山经石峪》的特点。行书《心经》飘逸流美，显然受到"二王"的影响。行草节录《醉翁亭记》，浑厚自然，高古劲拔，有皇象《急就章》的意趣。先生深知"取法乎上"的道理，但又能博采众长。师母曾经告诉我，先生手臂残疾后，很长一段时间不敢人前写字，而是躲在营盘街老屋的阁楼上，悄悄临摹赵孟頫。所以先生学书的轨迹是由汉及唐，从宋元明清一路下来的。从这些作品中我们可以看到先生立足传统，在书法上的全面修养，吸收不同书体的特点，为我所用。

也有很多书法家认为，先生或学过康有为，或学过张伯英，或学过杨度等人。我在先生家的书橱中也看到过有一本刘正成主编、荣宝斋出版的《中国书法全集·康梁罗郑卷》，可以看出先生是关注过康有为的书法的。但我个人认为，这种书法面貌的相似只是一种巧合，因为这几位都是学碑的高手，殊途同归，但是实质还是各有不同。仔细分析这几位的书法作品，结构、用笔都有很大的差异。康有为的字结构上紧下松；张伯英的字结构匀称得体；先生的字结构时而宽博，如对联《偶从·早有》《百花·万柳》，时而紧凑，如楷书横幅《寒山诗》，总体上则有上松下紧的趋势。

三人用笔也各有不同，康有为的用笔有人比作"烂麻绳"，确为形象；张伯英的用笔能"透过刀锋看笔锋"；杨度的书法流传不是很广，个人风格也不是很明显。先生的字，早期笔画瘦劲，晚年则显丰腴。特别是横画和撇捺，能看出隶书的笔意，如楷书横幅《诗品·典雅》。钩挑和转折，能看到行书和草书的灵动，如楷书对联《卧病·登堂》《品茗·东龙》。他的学习是拿来主义，时刻在思考，时刻在变化。欣赏这些作品时而可识碑味，时而可窥帖意。在形式上是魏碑的路子，但在用笔中又蕴含了隶书和行草书的特质。他的书法在碑和帖之间，游刃有余，没有在书法史上下过深厚的功夫，一般人是难以做到的。真正专业基础扎实，又具有变通能力的书法家，才能很好地吸收各种字体的特色，形成自己的面貌。

二、扬长避短，自出机杼

先生中年因工致残，但是，对书法的热爱没有减弱，一个人躲起来练习。不但练出了左手书法，还使残废的右手又拿起了毛笔。先生在 20 世纪 80 年代的书法作品上落款时总是写上"胡六皆左书"，这其实是一种不自信的表现。到了 90 年代中末期，先生写字落款就不再注明"左书"了，这也是其书法风格日臻成熟的标志。

其实先生晚年小字多用左手写成，因为字小，内容相对多些，坐着写方便。大字作品，篇幅相对大些，四、六尺条幅，中堂等，站着便于掌控全局。最关键的是，先生左手健全，可以五指齐发，细微的地方，笔尖可以送到。从他的小楷作品可以看到婉约流转的晋唐风韵，如他写的多幅楷书横幅《心经》和成扇《鹧鸪天两首》。因为其右手五指痉挛萎缩，只能靠虎口夹着笔杆来写字，笔画的微妙变化和其左手相比就逊色多了。

欣赏先生的书法作品，早年的左右手区别很大，到了晚年，大小分工。小字精到，大字粗犷，风格日渐和谐统一，字里行间透露出一种自然、萧散之气。残废的右手本已成枯枝朽木，以虎口夹笔，只能是长枪大戟的直来直去。如何能使"五指全废"的右手写出的笔画耐看？史穆先生在嘤鸣诗社一次雅集时谈及先生的书法，道出了先生用笔的特色。因为史穆先生画过西画，他说："六爹写字，笔画是摆上去的。""摆"是油画基本的笔法之一，是用笔将颜料直接放在画布上不作更多的改动。"摆"的方法常用在油画开始和结束时，以较肯定的颜色和准确的笔触来寻找色彩与形体关系，往往关键处只需几笔就能使画面改观，当然下笔前应先做到成竹在胸方可奏效。我听后很有同感，一个"摆"字道尽了先生用笔的特点。

当然，机械的"摆"，还缺少变化。怎么使笔画形态能多些变化呢？众人皆知先生从不择纸笔，但在他老人家晚年写字的案板上，总能看到一小瓶"邵阳大曲"，先生从不喝酒，但写字时总是满屋子的酒香，原来他在墨里面加了酒。加了酒的墨，洇得更快，从而使书写时要增加速度，解决了墨太浓书写板滞的问题，而墨洇的形态各异，使得笔画更加耐看，同时也丰富了墨色，更重要的是弥补了他不能五指齐发而造成笔画粗疏的短处。初看他的字，墨色很厚重，但仔细看细节，或浓淡，或干枯，皆有体现，如楷书横幅《岳飞满江红》、行书四条屏《稼轩词》等。又如楷书联《野花·湖月》，偶用"涨墨"也能体味出墨色变化丰富的妙处。这正像京剧界的程砚秋，嗓音尖细，人称"鬼音"，但他创造出了婉转缠绵的"程派艺术"；杨宝森嗓音低且沉闷，但后来练出了一条被人誉为"云遮月"的嗓子；周信芳嗓音沙哑，但他配合做工，用心刻画人物，使其成为风行上海的"麒派艺术"。先生能够根据自己的情况扬长避短，自出机杼，这也是他的过人之处。

三、直抒胸臆，无意于佳

先生的书法作品，往往一气呵成，率性而为。其《与吕海阳》诗中"藉此四张纸，大书八十字。写字何所难，难写心中事！"正是他对书法创作的深刻体味。他的书法为什么耐看、耐读？说穿了就是一个"真"字，他写的是真实的自己，把书法当作文人的"余事"，通过自己独特的笔墨语言来表达内心的真实感受！因为他从没想过自己的书法将来会流传后世，更无意主观上去创作所谓的精品。先生的用笔则是率性为之，或中锋侧锋，或露锋藏锋，如楷书横幅《沁园春·雪》；结构上或欹侧险峻，或平正谨严，如《寒松·野鹤》《蜂房·蚁穴》两联，不拘成法，随兴所至。所以每阶段的作品笔画形态、间架结构都有所变化，既展现出强烈的个人面貌，又能摒除习气，不择纸笔，以我手写我心。这其实就是孙过庭所言："绚烂之极，复归平淡。"故而"无意于佳乃佳"。所以先生的书法具有朴实厚重而又自然萧散的特色。

刘一闻先生曾撰文揄扬先生的书法，但从其章法上提了一点看法："如果说从我自身的创作角度来看，不够的话，便是多字作品中四边留白太多，四边可以再顶一顶，可惜老先生不在了，不然我也会说出这种看法。或者错落一点，或者再逼边一点，可能跟他书法的总体风格更加协调、更加完整。"我个人并不赞成这个意见，从先生的作品中可以看到，他的每个字都写在格子中，四周都留了足够的空间，从不"逼边"。"天头""地脚"及左右，都宽绰有余。这是平面构成中"发散"的原理，使整幅作品给人一种疏朗、萧散感觉。他大部分五、七言对联，尽量写在瓦当纹内，而不让人感到拥挤和压抑。特别是他的少字作品，横幅如《元龙豪气》《咳唾成珠》《濯足万里流》，条幅如《笼禽放高骞》《岁寒然后知松柏之后凋也》等，字距开阔，浑厚空灵。这正是他通过几十年的创作，在章法上对空间、留白的认识。

先生有《题扇》诗："一回书展一回新，四海论交翰墨亲。返璞归真方识我，标新立异亦由人。"他的书法就像他的诗，守静去欲，达到了精神与自然的统一，从而远离喧嚣，用造化之美来养性存真，所以淳朴宁静，清新脱俗。其实他内心深处追求的是一种禅意融化为书意、禅趣提炼为书趣的意境。欣赏他的书法，受到的不光是艺术的熏陶，而且是美的享受。

先生已经去世二十余年，但他的书法和诗词楹联艺术越来越受到世人的关注。特别是长沙市书法家协会主席孔小平先生于 2020 年 12 月 20 日在湖南省画院美术馆举办了"襟怀若水——胡六皆书法作品展"，并主编了《胡六皆书法作品集》，使我们能在书法集中看到先生各个时期不同风格的作品，为研究先生的书法艺术提供了宝贵的资料。

谦谦君子　郁郁书风

——拜读《胡六皆书法作品集》有感

张金玺

湖湘书法，肇自先民。上下数千载，历出名篇闻人：先秦有简牍铭文，汉魏有帛书碑刻，隋唐有欧阳怀素，宋元有希白海粟，明清有西涯蝯叟，现代有白石润之。皆名高曩代，泽被后世。20世纪之初，西风东渐，思想更新，书写工具迭代，书艺之式微久矣。想前人书法之普遍，变为今日书法之专业，不免喟叹。然时易世变，近卌五年间，书艺复又大兴，熙来攘往，热闹繁荣。虽亦步亦趋，能比肩古之书家者大有人在。较之当代湖湘书坛，余独喜寓盦胡六皆先生书法，其书风厚重而不失灵动，直入魏晋，允称大家。

寓盦胡六皆先生，湖南长沙人。出身富商家庭，遍习四书五经，工诗词书法，望重艺林。谦谦君子，自带儒雅之风。书如其人，郁郁书卷之气。先生幼时，书坛尊碑抑帖思潮仍占主流，习书之人莫不从版碑入手，先生亦是。唐李世民曰："取法乎上，仅得乎中。"欲臻此境界，却非人人所能及也。拜读先生早期书法，点画追求沉厚稳健，绝少牵丝连带，自是阳刚雄强。清刘熙载曰："余谓北碑固长短互见，不容相掩，然所长已不可胜学矣。"故知，碑帖相融，方是书法正道。先生饱经忧患，中年右手致残后仍勤习书法不辍，复能左右开弓，好事者称为"刷字"。先生摅舒蕴积，碑帖互参，尤以左书为妙。有研究者云先生学出康南海、张东涯，殊不知先生与二位縈惟神契，实则以古人之规模，开自家之生面也。

廿年前负笈长沙时，曾随恩师仰之先生遍观寓盦先生所题之市招，入目处皆大气磅礴，姿态横生，妙不可言。庚子冬月，仰之师寄来《胡六皆书法作品集》，展卷拜读，沉浸其中，情不自已。遂援述数语，以志景行。

（张金玺，1982 年生。河南南阳人，定居上海松江。学习书法、篆刻、诗词十余年。有诗词作品入选《首届中国百诗百联大赛作品集》，现为潇湘齐白石艺术研究院研究员。）

刘一闻访谈录（节录）

　　王徽：湖南已故书家寓盦胡六皆先生书法冷峻不俗，我们拟在近期的报纸做一个专题，做一些推介工作，先生与寓盦神交已久，请谈缘起。您对寓盦胡六皆的书法修养怎么看？放在 20 世纪八九十年代全国书家群中又处于怎样位置？

　　刘一闻：到长沙 1992 年在街上偶见胡先生题的牌匾，印象很深，想不到还有这么一个好写手，牌匾最难写，但他充满了雅逸之气，用笔也干净，结体也比较奇。我蛮惊讶，在全国不多见，其作品不通俗是我最喜欢的。当时我对王集说，想买一件胡六皆先生的作品，我一直在期待。以后认识了孔小平，寄了很多照片，仔细看了，有想法写点东西。尽管没成，一直在思索。胡作品拙得没习气，温文尔雅，仔细品味还有一份生的感觉。（王徽：有生冷之气。）从北碑吸收营养多些。用笔方方的，结构也方方的。有的笨头笨脑。这老先生学问也不错，诗写得好。缺少学问，是写不了这个字的。他的度把握得特别好，字少比字多的还要好。唯独也许是苛求，我个人看来在通篇照应上有点缺欠。后来在长沙与孔小平去古玩市场看那张草书写得特别好，说明他会照应，可能与胡先生独特写法有关，那幅字没买下好可惜。其作品有生拙的用笔、结体、气息。我觉得很够了，很了不起。放在全国的书家群中仍然是突出的。如果说从我自身的创作角度来看，不够的话，便是多字作品中四边留白太多，四边可以再顶一顶，可惜老先生不在了，不然我也会说出这种看法。或者错落一点，或者再逼边一点，可能跟他书法的总体风格更加协调、更加完整。我有一个想法，便是让他的作品推到一个更广泛的层面上去，写点文章，由我推荐也可。我想编辑们应该会有眼力去看，真正到老先生这个水准的少。有必要促成此事。我们在讨论书法时，一些对书法了解不够的人最怕学什么，不像什么，创作时还很在乎不像什么，没有反映什么。我觉得这是个问题，当然跟自身的修养深度有关，而作为成熟书家又怕像什么。从创作上应该摆脱，这一点上海赵冷月先生做得很好，早上练功，下午创作。练功的体会，不留痕迹地反映到作品中。胡先生，大致是这一路。我建议你们这期报纸刊发出来之后，寄给《中国书法》。书坛太重要让人们了解一下好作品，不够的太多太多。1967 年、1968 年时，看任政先生临兰亭，说天底下还有这么好的作品，觉得比王羲之还好，当时是不懂。70年代初吴子建送我来楚生先生隶书照片，说如何好，我看不懂，心想怎么可以跟任先生比，过了三四年再来看先生的作品，觉得真是很好，我看得很旧了，我再翻拍。这有一个从不懂到渐渐懂的过程。

王徽：今天就到这里，耽误您的时间了。整理后寄您。谢谢！

皮祖政：谢谢刘老师。

刘一闻：好的。胡六皆先生的书法应该刊发在《中国书法》上，我来促成此事。

皮祖政根据录音整理，经作者过目，有删节

原载 2002 年 7 月 12 日《南楚印社》

襟怀若水

——胡六皆书法学术研讨会

时间：2020 年 12 月 22 日下午
地点：湖南省画院

孔小平（湖南省书法家协会副主席，长沙市书法家协会主席）：各位老师，大家辛苦了。胡六皆先生的百年展览，书法艺术的水平还请你们多批评、多总结，以前我们在湖南省对胡六皆先生的书法艺术宣传不够，在湖南以外几乎没有几个人知道胡六皆，也很少看到他的书法作品，这一次借他百年诞辰节点，也请各位来做一个总结，也让湖湘书法的书风有一个新的面貌，谢谢大家！

姜寿田（中国书法家协会学术委员会委员，《书法导报》副主编）：感谢刘总对我的抬爱，让我来主持胡六皆先生的座谈会，我相信大家和我一样对胡六皆先生可能不是很了解，今天开这个研讨会的目的正在于对这一位书家做一个重新的揭示。实际上他在湖南书坛是一代名宿，湖南书坛对他都是非常了解的，只是由于个人的原因、历史的原因宣传不够，以至于我们对他的书艺要做一个重新的发现。实际上我第一次看到他的作品，当时刘总和我说想要做胡六皆先生的展览和研讨会。当时胡六皆这个名字我还是第一次听说，他给我发过来一些资料，我一看就有一种惊讶的感觉，因为他首先给我们传递的书风，融入了魏碑。实际上他的书法里面没有当代性的风气。胡六皆先生的书法，首先给我们传递的就是清代碑学的存续，而且写出了自己的格调和感觉，也就是说他对碑学的理解不是一般技法意义上的，而是与他生活的经历、生命的本身，包括他的学养紧密地联系在一起。

通过有限的了解，包括刘一闻先生、虞逸夫先生和鄢福初主席的序言，实际上他们都认同胡六皆先生是新旧参合的人，而且他出身世家，早年生活非常优越。有人说他身上有一种世家子弟的格调，宠辱不惊。所以在他的书法当中体现出一种平淡之气。我们看到他的书法不是一味地夸张，或者雄强，而有一种夭矫之气，这和他的生命经历有很大的关系。

所以说我们对他的重新接受和发现，在很大程度上使我们对湖南书法有了一个更深的了解。我们通过对胡六皆先生的认识，可能补充或者扩展了对湖南书法另一面的认识，在民国碑帖融合这一路也有创作成就很高的人，并且他们的国学功底深厚，擅长诗词歌赋。他不是一种机械式的书家，他有着很深厚的国学修养，而且和他交往的都是湖湘一带的名流，应该说他以自身的创作提高了或者说提升了湖南书法文化上的品位。作为一个个案，对于理解湖南书法、当代之前的湖南书法应该说是大有意义的。

下面就请大家围绕胡六皆先生的创作展开一下讨论，我们来的人虽然不多，但是代表了我们全国书坛的主要媒体，也是举全国书坛之力，对湖南重要的书家做一个重新的接受和发现。张锡良老师作为湖南老一辈的书家跟胡六皆先生有过交往，应该说对他还是有着比较深的了解，下面第一位请张老师谈一谈胡六皆先生，实际上也是为我们打开一种思路，因为我们在座的毕竟对他比较陌生。

张锡良（湖南省书法家协会顾问，"兰亭奖"评委）：实际上我了解的也不是那么很深，我对他的书法确实很认同，岳麓书院里面的那些碑文我是反复看了很久的，原碑那确实不得了，在所有碑里面，我认为是非常好的，在图版里面看不出来什么，但是原碑是非常不一样的，那确实是好。胡六皆先生我们谈他的作品必须是静心的，它不是轰轰烈烈的，在结构上好像比较单一，比较雷同，我们应该深入的是它的线条，我认为每一根线条不仅是很扎实，写得很内敛，而且富有变化。我们看作品集还不如看他的原作，我对这方面的印象特别深刻，我有一幅胡六皆先生的对联，我特别珍爱。

还有一个更重要的，胡六皆先生在湖湘书风里面处于一个非常重要的环节，在湖南的地域书风特征很明显。民国时期湖南的谭氏兄弟行楷书方面成就很高，研究还不够，湖南在这方面是值得去做的事。

今天参加这个活动，来了以后，王俏书记，他就和我讲了，湖南的书法不像其他的各个省出了那么多大师级的人物，但是湖南的书法有它的特点和传承，而且湖南书法的传承和湖湘文化是紧密地联系在一起的。湖湘文化是经世致用，何绍基之所以那样写字，为什么对他老师那么崇敬？这也是传承了清代的学术。所以我认为湖湘书法有这么一个特点，而且这个特点很明确、很明显，就是实事求是，就是经世致用。这是作为湖南书风的一个方面，但是任何一种书风，任何一个地域的东西都不是很全的，湖南和江浙比较，在行草方面，我们觉得有它的一些不足的地方，但是在楷书方面，我认为体现了一个地域书风的传承。

所以胡六皆先生就是当中的重要一环，这个重要一环在于什么呢？从魏碑的角度来传承了楷书，他和何绍基不一样，他们是从颜体方面来传承楷书。我们今天谈到的作品，也是我们能理解的。胡六皆先生体现的也是一个时代，因为晚清以来受碑学影响的大趋势，所以胡六皆先生是非常有思想的，是有思考的。第一个他是传承湖南书风的一个重要环节，同时又不是和湖南书法特别严谨的传承，而是碑的传承，但是没有脱离湖南书风，我认为有非常典型的意义。

你刚才也讲到胡六皆先生的时代史，这个人很低调，我和他接触的过程，有时候在外面搞活动，一个人在那里写。所以与人的性情有关系。我们从这方面看到了他的文化涵养，当时大家对他的评价，恐怕还是他的国学古典诗词，这是了不得的。在书法方面他不求一些大的东西，但是他特别内敛地表现了非常细小的点、线条，让你看到以后会动心。

在那个时代就是这样，很少关注到在这样一个社会层面会有什么作为，会有什么思考，包括市场当时也没有兴起等时代的因素，但是我相信不被历史磨灭，是靠作品的，是靠文化的。胡六皆先生在将来历史的过程当中，会有很多人慢慢认识他，会有很多人慢慢去思考他，我也是很感激能够和胡六皆先生有一些交往，能够受到他的感染。

姜寿田：通过张老师的描述，好像我们走近了胡六皆先生，历史限制了他，但是也成全了他，通过最后研讨完了对胡六皆可能就有一个很清晰的认识了，当然也是初步的认识。

罗红胜（湖南省书法家协会副主席，中南大学教授）：我到长沙以后看过他的很多原作，听别人说过他的很多故事，今天看了展览以后，更加贴近了胡六皆先生，对他的艺术，对他这个人更加贴近了，对他有更多的认识。结合我从自己和当代书坛谈两个方面的内容。

第一，为己和为人的问题，"古之学者为己，今之学者为人"。胡六皆先生相对于我们来说，特别是跟我们当代非常热闹的书坛风气比起来的话，确实感觉到这一点，感觉到那个时代的书家，他们的书法创作，其实也不是创作，就是自己一种笔墨的自然流露，真的是为己的，是自己内在的一种性情。

现在书坛的话，更多的是什么？当然有方方面面的进步和发展，说到一些不利的或者弊端，更多是给别人看，作品写出来不是发自内心的，更多是给别人看，求得展览，求得别人的好感，得到外界的一些东西。有时候要引起一些反思，要向胡六皆先生这样的老师学习，包括张老师的作品，应该跟胡六皆先生有相同的，发自内在的、内心的，完全不求外在的华美，让人静下心来去深深体味作者的内在精神，这一块值得我们很好地学习，真正要做到"为己不为人"太难了。

第二，传承创新，怎么样继承初心的问题。这里有一段话我觉得写得特别好，讲他字如何，结构如何，布局如何，去华存朴，藏巧于拙，不求其奇，他没有求得要通过奇巧取胜，如何让人来关注，最终有个人的面目。

从古人而来，但是最后出之于自然，只要看第一遍以后过目不忘，风格相当明显，一看就是六皆的风格。应该说他的特性非常强，我们衡量一件作品的标准，其中个性特征是非常重要的。同时一方面要求个性特征很强烈，一方面要求深度，又要有相当的传统的功夫，又要有相当的个人面目，胡六皆的作品在这两个方面都做到了一定的高度。这两个都做到的话，应该说就有价值，就有历史意义了。

当代书坛具有这样高度的深度的作品很少，应该说很多作品可能很有新意，很与众不同，一百件作品可能不同于其他九十九件作品，但是吸收古人的成分有多少呢？有多少是自己内心自然流露的精神的东西呢？这是值得我们反思的。

姚国瑾（中国书法家协会学术委员会委员，山西省书法家协会副主席）：刚才罗红胜老师谈了，湖南这个地方确实在清代中叶以来是一个非常了不起的地方，中国在清代中晚期有三个地方值得关注，第一个是江苏，最后落脚的重镇是在江苏，阮元影响了广东，影响了湖南，也影响了浙江。第二个是广东，也是阮元影响的，但是这个地方第一个是把中国传统的学术放到那里去了，再加上中外的交融，它有新的东西在一起。第三个是湖南，湖南这里比较独特，实际上它是理学的重镇，主要还是后来的曾国藩，并且湖南人是注重知行合一的，所以你看都是做官的，从陶澍开始就很了不起，现在大家对陶澍研究还不够，这个人有很多的治国方略。左宗棠、曾国藩、郭嵩焘这一批人都是非常了不起的政治家。没有曾国藩，中国的政治走向都不知道在哪，后来影响到很多近代的政治家。第二个他影响了学术，后来的王闿运等这一批都是清代晚期很重要的政治家，绝对不能忽视。

　　第二个受到书法的影响。在乾隆年间，钱南园能够把颜体写得很独特，在他之前也有很多人写颜体，但是像钱南园以颜体独特风貌出现的在当时是没有的。再就是碑学出现以后，能把几种书体容纳到一块。何绍基在清末的书坛绝对是旗帜性的人物，不管是写隶书还是楷书、行书。这个人是非常了不得的。谭延闿、谭泽闿也是继承颜体的风格，他们的书风都非常了不起，湖南这个地方无论从政治还是书法，在当时的中国，都旗帜鲜明。这是很了不起的。所以延续到近代，严格意义上陈寅恪是出生在湖南的，这个学术是从湖南开宗出来的。

　　姜寿田：梁启超的时务学堂也是从这儿出来的。

　　姚国瑾：近代湖南的书法也是很不一般，出了齐白石这样的人物，真是了不起的地方。

　　胡六皆先生今年一百岁了，实际上他不是我们这个时代的人，所以我们不能用这个时代衡量他，他应该和这个时代的关系不是很大，1997 年就去世了，活了 77 岁。人到 50 岁观念就不可改变了，在他那个时候书法还没有形成风气，他只能和民国年间的人做类比。

　　从这里可以看出它的源头，应该说到民国年间以后碑派弱了，碑派主要在民国初年和清末，帖学的风气重新返回来了。碑派开始走下坡路了，还有一些人在坚持，这个就很了不起。通过胡六皆先生的字，大家就可以看到，他还在碑派顽强地坚持，碑派也不能说完全是魏碑，实际上应该是把篆隶都在里面包含了，碑派最主要的问题，就是说它的主张吧，不是说照形写出一个字形来，主要是在讲究势——笔势、字势、行势、气势，他们在强调这个，每一个都写得非常有气势。湖南人有坚韧不拔的风气，或者说叫倔强的风气。我曾经跟他们说，没有来过湖南以前，我是看书看的，湖南是红土，红土就是胶泥，不像黑土，一下雨你的脚陷入进去黏糊糊的，拔不出来的感觉。在这种状态下生活的人，跟我们抬脚就走，那种轻松的状态不一样，他的那种顽强，坚韧不拔的劲，从他的字里头可以看出有那样一股精神状态在。

字里头所表现的在精神，但是他后来有的字我们看到也很僵化，僵化的原因，是你能从中看到他的压抑，一个是身体的状态，一个是心理状态。从心理状态是压抑，到晚年生活困难，但是他心中又有清高的那一面，自己既有清高的一面又有压抑的一面。第二个是身体状态，他手已残疾，他更加努力顽强地要写工整。有些人想工整，但是写不来，曾经有一位老先生也是这样，他想写好，写不好，心里急，手上慢。大家分析他这种状态以后，就能够对他有一种谅解。

杨勇（《书法》杂志副主编）：姚国瑾老师刚刚有一句话特别好，胡六皆先生他是不属于我们当下的，那时候写字的氛围和心境不一样，现在的年轻人有一个很明确的目标就是我要去参加展览，要获奖，有很明确的目标，胡先生他们这一辈人包括同一个时代的人，写字出发点可能都是诗词之余作为陶冶性情的手段和方式，所以他们在写作中就没有对技法进行极度的追求，现在很多人在技法上做得非常精准，他们的视野也非常宽。像老一辈没有把过多精神限制在技法上，同时可以有一些文的东西出来，我刚刚看到他写的一幅挽联，文词和书法都非常精彩。

他表现出来的是书法笔墨的东西，但是背后有很多文化的滋养。这种自然流露出来的东西就很动人，我们现在一直在呼唤怎么样能够摒弃唯技法的局面，有很多的措施，什么培训班、修养班，这个当然有很多作用，但是能不能有根本性的转变，整个状态的转变还是很难的。

胡六皆先生的书法，像这种开张的格局，像康有为的东西，楷书的用笔很干净，与张伯英的用笔很相似，当然我们不能说跟这两家有什么关联，但是至少有一些取法方面的原因而导致的面貌上的接近，这都是他们整个那一辈人的面貌。这是我对他书法的一点认识。

定位是历史慢慢沉淀的，要时间来沉淀，在座的很多老师，包括媒体朋友，我们能做的就是把真正写得好的、有价值的、地域性的老书家，怎么样尽我们的责任推广给全国其他地方。湖南以外的地方可能对胡六皆先生了解很少，包括我自己在来之前了解几乎非常少，写作的状态、写字的面貌，我基本上没有什么了解。

这次来，一方面自己也学到了很多，收获很多的认识，接下来也尽一份媒体的责任，把好的东西，真正能够经得住历史考验的能够有所沉淀的东西，通过一些专题的形式或者别的方式来传达给更多的读者去认识它、去了解它。如果在这个基础上，让现在的年轻人，从整天冲击国展或者冲击展览的目标很明确的情况下，再稍稍返回去做一点文化的东西，我觉得是更大的收获。

我就谈这么多。

龚旭东（湖南省文艺评论家协会副主席）：在座的都是书法界的大家、名家，我是作为一个局外的爱好者，作为胡六皆先生人格品德和艺术的崇拜者来的。

说老实话胡六皆先生在湖南被尊称为"六爹"，湖南话嗲嗲就是爹爹，"六爹"的字是我这一辈子最喜欢的字。在王超尘先生90岁的时候我写了一篇文章，后来作为他93岁的书法集的序，我说我最喜欢的是"六爹"的字，我对他的定位，他应该是属于文人字。在他的一百周年，能够把他的作品收集起来印成集子，做一个基本的归纳，我觉得这是一个大功德，这对于湖南的书法和艺术有很重要的意义。因为胡六皆先生代表了湖南艺术界一个时代的一种面貌，我是这么来看待的。

今天来看了"六爹"这么多的作品，看到了他的书法集，我真的心生欢喜，但是我也有遗憾，我一来就找有没有他"文化大革命"以前的作品，我从来没有看过胡六皆先生"文化大革命"以前的作品，这一次仍然没有看到。因为胡六皆先生"文化大革命"的时候伤了手，右手完全残了，所以他的创作状态是很苦的。他纯粹是凭着心中的这口气和骨在这里写字，他能够把字写到这种境界，我觉得这是艺术史上的一个奇观。

我认为在湖南的书法上有两个传统，从何绍基开始，一个是隶书的传统，湖南很多大家写隶书，左宗棠、曾熙、杨度，他们的隶书都非常好，形成了一个传承。另外一个是颜楷，从钱南园开始到谭氏兄弟，也形成了一个传承。这两个传承我认为是湖南书法上最重要的，从艺术角度上来说，胡六皆先生和王超尘先生应该是特别重要的。这是我基本的认识，我是外行，不一定说得准确。

对胡六皆这一辈来说，有黎泽泰先生、练霄鹤先生，有王超尘先生，有莫立唐先生，他们都具有文人之风，他们的传统国学功底非常好，所以他们的书法极有文气。他们都不是一个纯粹的书家，我觉得现在的书法，纯书家字和文人字的分野过于明显，书家养心养气的功夫、学养的功夫，在这一辈来说是相对比较欠缺的，这是我们现在书坛上面的一个很大的问题。正因为这样，所以再重新回过头来看一百年来湖南书法的发展，看胡六皆这一辈人他们的学养、他们形成的风格，我觉得是有启示意义的。

第二个感受，胡六皆先生的书法之所以让我心生欢喜，是因为他的书法非常华滋秀丽，有六朝之风。其实在我看来，六皆先生书法的华滋秀丽下面有极强的风骨，所以有很多学胡六皆字的人。我的评价是胡六皆的字肉里面有骨头，但是有很多学他字的只有肉没有骨头，我认为这是很重要的东西。

胡六皆先生，他的养心、养气，他的这种气之足、之充沛，形成的风骨，对于他的书法形成独特的书法语言和风格面貌有非常重要的作用。这一点恰恰与他的学六朝碑版，身上那种六朝文人的从容、飘逸、潇洒、落魄不羁、傲骨嶙峋密不可分，在他的书法里面形成了极强的风格，这个风格才是胡六皆先生最重要的气势。首先要做一个真正的文人，才能做好书法家和画家。这样的情况下，他才能在手残的情况下，在书法上写到现在的面貌。

　　胡六皆先生很多书法作品是写他自己的诗词作品，他的诗非常好，我这一辈子唯一求过字的就是胡六皆先生。"六爹"当时已经答应了，但是不久就去世了，我跟他没有缘分。前不久有一位我很好的朋友送过来一张"六爹"的字给我，这是"六爹"送给他父亲的，非常好，三首七绝，写得太好了，所以我不忍心收，我觉得还是应该保留在他家里更好。我对"六爹"的人格和艺品非常崇敬，我觉得是"六爹"给我们留下了最大的启示。

　　我之所以等着要发言，就是为了要表达我的感受。谢谢！

　　王登科（荣宝斋书法院院长，荣宝斋《艺术品》期刊主编）：刚才几位老师说得非常好，单纯讲书法，书法学术研讨确实很难去界定这样一位老先生。刚才说老先生不是这个时代的人，那么他又是哪个时代的人？今天我们始终强调要写出我们这个时代的气象，老先生的字又古又新，古人确实以古为新的。

　　刚刚接到消息的时候，胡六皆，一听这个名字就感觉不是这个时代的人，我在想"六皆"从哪里来？是不是从六道皆苦？我觉得名字一定就有来由，不是这个时代的。

　　我们带着这样一种视野再去翻开老爷子的作品和走进大厅的时候，就可以知道我们用什么样的眼光去看。即便是这样，我们这个时代里，包括我们这个时代的评论家和学者，我们从小受到的，包括我们的视觉不自然而然的，像我们经历过"文化大革命"，比如说我学过西画，这种眼力已经不是传统的文人之眼，已经带有一种科学，所以又牵涉到当代书法。当代书法怎么样去审美，古人觉得好的东西和我们今天的人觉得好的东西，它们之间有什么样的差别？前两天和江波在北京，要编一本古代书论类编这样的书，文言文的世界和我们今天白话文的世界不是一个世界。我们用今天学术的方法去探寻古人也是非常有难度的，你还原不到古人那样一种境界。

胡六皆先生虽然是我们这个时代的人，从文化时空上离我们确实很遥远，从像我这样的年龄而言，尽量去接近他。我偶尔翻了一下老先生后面的诗，我当时看的时候也非常感兴趣，从这里面再去看他写的字，就知道这个老先生，那一代人好在什么地方，我们一说就把那个时代的人的字说成书卷气，其实"书卷气"不能完全代表他们的好。

这样的作品，一定在当代批评家的眼里或者当代的书家眼里平淡无奇，甚至看不到好在什么地方，但是我觉得这代人好就好在不讨巧，他就是这样。我们知道他是用左手来写字，我刚才还在开玩笑，我说看近代人写的字，他们都是像大家闺秀一样，像良家妇女一样，自己在那里生活做饭洗衣。今天的作者就不是这样，今天是想一夜成名的那种选美一样的热身，所以是两回事。今天的书法和古人讲的书法，从内心里讲出来，从学术里讲是两回事。所以这样的展览特别让人眼前一亮，我们说不出来它的好，但是我们知道它是一种味道，古代传统意义上所谓艺术和中国的戏剧一样，它是一种味道，你只有去品味，甚至你无法描述。现代人喜欢那种情景剧，喜欢那种冲突，所以你到这里找你所希望的东西都不会给你。

还有一个，大家隐约可以猜到，他赶上这样特定的时代一定会经历过那样的十年，整个前半个世纪，所以从他们身上又感觉到一种非常苦涩的东西，人生经历过这样一种东西，然后在字里面表达出来。

我是东北鞍山人，我在北京把辽宁几个老书家一起做一个系列。今天看到长沙能做这样的活动，向那一代人致敬，是非常了不起的一件事，这才是我们真正要弘扬的，它不比扶贫工程要差。这才是体现书法作为君子之义的东西，我们要做一些这样的事。像长沙文联、湖南的同道，能给先生做这样一个展览，提供这样的方式，让大家走回那个时代，重新看一下那个时代，真的非常好。

王集（中国书法家协会理事，湖南省书法家协会副主席）：首先感谢长沙市文联，举办了这么好一个展览，应该说这个展览是我多年来所期望的展览，今天终于看到了，感到很欣慰。展厅刚刚看了一下，以我的目光所见，还有一些很精彩的作品没有进入到展览中，也没有进入到书法集来，这个工作还有待努力，还有待提高。

"六爹"，我跟他1985年有交往，那时候他也是我现在这个岁数，我对他略有认识，1991年年初突然感觉这个人写得真的好，怎么写得这么好，就感觉看懂他了。因为经常在一起活动，毕竟差辈了，就请练老，比他大概小几岁，请练老一起陪我到他家去，刚才我勉强把虞逸夫的那篇文章看了一下，就是文章里面讲到的，那个家里面晦暗、潮湿，就在营盘路，我到他家去了。去了之后感觉家里很朴素，很干净，但是很清贫，一出来之后再看他的字，我跟刚才那位龚旭东（想的）不一样，华丽我看不出来，我感觉字里面有一种清苦，有一点苦涩的感觉，看了他家以后当时就有特别明显的感觉。

我请他给我写了几件作品，后来我去广东下海两年，请他给我写两个扇面，托朋友帮我送过来，写完没多久人走了。

后来在湖南，我在文物市场上买了不少他的作品，就是我比较钟意的，也很让我花钱的作品。我一直觉得很奇怪，刚才龚旭东讲过一句话，你们看过"文化大革命"之前他的作品没有？因为你要分析他的作品，每一个阶段字的面貌你都不清楚的话，那会很麻烦。我后来找了一件，比目前所有作品都早的作品，这个风格之前的作品，我觉得还蛮有意思，我觉得给我们以信心，老人家是从哪个样子过来的，一直走到今天的。后来研究齐白石，写齐白石的文章，实际上他们就是学张伯英，张伯英当然是大家了，他和那个时代的很多人都是好朋友，声名也是非常显赫。

"六爹"有没有他的价值？绝对是有他的价值，我反复读他的作品，他的书写品质更高、更清楚，他在这里面做了很多提取的工作、提炼的工作，我认为他做得非常好。晚年他的作品还有变化，很多并在一起的笔画，很多结构都完全不一样，开始出现一种返璞归真的东西，好像没有被汉字规范的书写所束缚，出现了这样一种倾向，这样一种趋势，但是那段时间的作品不多。

我一直在思考，这是我们当代人需要学习和需要借鉴的一点。实际上我们对前朝包括民国书家的整个梳理和总结非常不足。刚才好多人都讲了，像曾熙、林觉民、张伯英等，对大家不用说了，但是对一些在他们之下的，那个时候认为影响不及他们的，或者是二流、三流的，当然这个话不应该这么讲，大家对他们的认识不足而已，对他们的认识、挖掘都需要我们共同努力。我们所看到的，或者书法史所提供给我们的不是那么简单，那并不是太真实，也并不丰富，真正是什么样子，要我们去地方史志上或者相关文献中去挖掘和寻找。实际上我们对前代的梳理、挖掘是远远不够的。

因为我去过了"六爹"那里以后，晚年跟他交往比较多，他有一种沈从文的那种状态，那样的一个形态。他向张伯英学的话，我感觉有这么一点，他是一个深刻保守主义，实际上他抓着张伯英没有放，但是在张伯英这里融合的，把自己加进去，他在这方面做了很多有益的探索，这个探索有意义。刚才有人说他不是生活在我们这个时代，凡是有自我认识的那些书家，他都不是跟你生活在一个时代，他生活在自己的艺术世界里，有自己的艺术氛围和自己的艺术养料。就像穆欣，你说是我们同一时代的吗？不是。他生活在文艺复兴以来的西方文艺生活圈子里面，他天天看的是那些书，接触的是那些人，如果接触到当代人的话，顶多到鲁迅打止了，他是超越了这个时代。

"六爹"，我们跟他接触就感觉到，就像我年轻的时候拜访过一些老先生，你去跟老先生谈的时候，你会觉得跟他搭不上话，你跟他的精神世界完全是两回事，你满腔热血跟他谈这些东西，他根本听都没有听说过，他根本没有看过，你喧嚣的这些点，在这个时候弄蛮响的那些人在他眼里不当回事。他所感受到的全部都是沉淀出来的。

头几年我们说如果能够在二、三流书家当中发现一点东西，继续往下走，那绝对是高手，我个人认为"六爹"就是这样的。在张伯英那里找了一个很好的方向，但是那个方向是不是可以继续往下走？我个人感觉那就是可以的。你不信把胡六皆的东西跟张伯英的摆出来看一下，整个结构、整个用笔等很多，一定要追问，一定要不断地叩问到底，我相信深刻的保守主义者，最后就能够成为一个引领时代先锋的人物。因为原先的积累够丰富，但是原先的探索还没有到位，这样的话，实际上给后面的人留下了很大的发展空间。"六爹"这个事情，作为一个湖南的书法现象，我也一直在思考他，我也在想到底这个东西是从哪来的，然后它的意义在什么地方，我就感觉意义在那里，还有很多养料，很多很好的东西我们没有看到。

还有古人没有走完的路我们可以继续走，比如说我说一点就可以让大家有一个想象空间，书法必须有想象力，这是艺术家基本的一个素质要求。

黄秋园62岁走的，那黄秋园62岁之前的积累，全部是古人里面的那些积累，写得那么繁密，用笔、结构真是不得了。但是如果这个人活到80岁是一个什么状况？他70岁是一个什么状态？如果你有足够的想象力，你接着他的路继续走。当然有时候我们说站在古人肩膀上，实际上有时候站在古人脚背上都站不到，因为你没有那个能力，没有那个水平，你真能站到他肩膀上那还得了，你有那个能力的话，你就自己可以往前走了。但是真正去挖掘的话，黄秋园如果65岁以后是什么状况？80岁是什么状况？潘天寿先生他画得那么紧张，画得那么精心的结构，如果这个人一放松下来是一个什么状态？这个不好想。我觉得放松下来的画面应该是极为瑰丽、极为灿烂，但是他那个时候还没有画出来就先走了。

有时候在这个意义上，那些深刻的保守主义值得我们学习。

我今天就讲这么一点，谢谢大家！

江波（湖南师范大学美术学院副院长）：首先感谢孔主席的邀请，刚才听了各位专家的发言，深受启发。

胡六皆先生应该说是爷爷辈以上的存在，我们偶尔到长沙这边来，看到胡先生的字，大家有一种什么感觉呢？这个心境马上就可以被他带到一种相对平和的状态中去，有一种魅力在里面，有一种内在的艺术魅力。

今天来看展览，说实话，原先没有太多关注胡先生的字，但是今天来看展览，有很多作品让我感觉很激动。从整体的感觉上来讲，他写得比较茂密，但是不会让人感觉死板或者生硬，他会有一种很巧妙的手段，把这种茂密变成一种内在的联动。还有一种感觉很素朴，你看着简单的笔画，这么简单写出来的笔画，你在旁边品味半天，怎么这么简单的笔画有这么好的味道在里面。古人讲字要沉着痛快，沉着在胡六皆先生的字当中体现得非常精细。痛快的部分，在一些很不经意的地方，做出了非常巧妙的安排，像王集老师讲到的因为身体原因，他在书写的时候，不像有的书家可以玩一些巧的动作，恰恰是不能玩巧的局限，反而切入到书法的本质当中去。我觉得书法的表达并不是一定要从巧字着眼，有人说要从拙中求巧，拙中寓巧。比如说他的勾画很特别，但没有行书、草书那样的一些动作，跟他前面的形态的表达形成一种对比和互补，整体给我的感觉平中寓奇。

第二个对"度"的把握上，我觉得他把握得非常好。我们经常讲书法是讲两个字，一个是法，一个是度，大家都学魏碑、隶书，在把握法的时候大家都有理解，但是在度方面，胡六皆先生把握得非常好。形的表达应当以什么样的度来呈现？比如说我要表达痛快，痛快到什么程度？他的那种度的把握是一种适度的状态，这种状态反映出一个什么？是内心那种真正的，在相对高远的境界当中身无外物，无欲无求的感觉。他有情绪，但是那种情绪是一种平淡的、平和的、随意的、轻松的状态。在度的把握上，来自他本身的境界修养。

我们说真性情，当时很多老师都讲到这一点，在胡六皆先生的作品中，这一辈人的修养非常深厚，我们说修养在什么地方？我们说要学国学，要学传统文化，传统文化告诉你的就是能够从一种方法当中着手，然后在度上面做一种锤炼，最后达到一种境界。因为他们这一辈的人不像当今的人这么浮躁。为什么浮躁？就是这个度把握不了，我们无法让自己回到一种高远的境界当中去。

当然，胡六皆先生的作品不是所有作品都很好，有一些作品令人很激动，有一些作品不见得有那种感觉。这个在书法整体表现当中是很自然的，任何一个书家都是这样，既然这是一个普遍的规律，我们自己在搞创作的时候，有时候会感觉到非常激动，有时候写完一幅作品就想扔掉，这是正常的现象。他不足的作品我觉得不会影响到他作为湖南有代表性的当代书家的地位，并且这里面有很多作品是可以传世的，在很久以后可以看到胡先生的作品被给予很高的评价。

在胡先生的作品当中我整体感觉，套用对王羲之书法的评价——"不激不厉而风规自远"，这是整体的观感。讲一下我自己对胡先生作品状态的意义的理解。胡先生的作品，包括我们每次举办的前辈书家的展览，我们把这些作品拿出来给大家看，它的意义在哪里？我觉得它应当引起我们一些思考，书坛的发展到底应该往哪里走？我们中国书坛的发展这几年有很蓬勃发展的势头，并且取得了很好的成绩。针对所谓的文化断层之后书法重新复兴的状态来说，在这个过程当中当代书坛其实有很多问题，这里面一个最大的问题就是关于科学与个性的认识，当代很重视个性，我们看到很多作品有不同的特色，并且为了强调个性，为了有一种视觉冲击效果，大家会把自己的作品往夸张的方向去表现。但是那些作品说实话可以冲击视觉，但是冲击不了心灵，可能看了一眼之后就不会看第二眼、第三眼。胡六皆先生的作品我回去以后还会看第二遍、第三遍，不停地看。这其实可以用两个字表达，就是中和。什么叫中和？这种中和的状态，在胡六皆先生的作品当中得到了一种艺术的展示。

我们说书法从王羲之那个时代开始，那时候说"晋人尚韵"，唐宋元明清，要追晋人的风韵，晋人的风韵在哪？一方面有自己个性的表现，另一方面要符合中国传统文化的核心思想，这应该是中国书法应该去关注的现象。我们看到"宋人尚意"，尚意之后你会看到明代的书法特别张扬。再后来元代的书法会回归到一种综合状态，到晚年的时候又会有一种相对强烈的个性表达。综合这条线，始终是中国文化要表达的主线。

我们当代的书法在偏离当中，正向回归的路上走，回归到一种真正的中国文化内在的高远的境界当中去。这是我关于胡六皆先生书法的认识。

王集：张伯英走了以后，因为齐白石跟张伯英有艺术互动，张伯英走了以后齐白石写了一首诗："写作妙如神，前身有宿因。空悲先生去，来者复何人。"恰好后来"六爹"正好由这条路继续往下走了，这句话像一个预言性质一样，我觉得蛮有意思的。

夏时（长沙市书法家协会副主席）：胡六皆先生，精诗文，擅书法，是湖湘一代宗师，留给后人以无尽的话题与仰慕。探讨先生书法艺术成功之道，以承前启后，这是当下我们应该做的一件重要的功课。

匆匆拜瞻先生遗作，感慨良多，谈谈几点认识。

第一，独特的人生阅历为先生书法铺上了浓重底色。

整整一百年前，先生 1920 年诞生于长沙一殷实家庭，小时生活优裕，受过良好教育，有丰厚的国学修养，也可想见青少年时期有意气昂扬、潇洒出尘之风姿。但是中年时期，历经磨难，特别是 1966 年右手受伤，生活更见困顿，心境灰暗。幸喜 1980 年前后随着国家形势转变，其生活境遇逐渐好转。史穆老曾有诗云："饱经忧患过中年，陋巷寒毡旧砚田。差幸天怜幽草意，'牧童遥指'喜莺迁。"一生看尽世态，了悟人生，故到晚年恬静淡泊；平时处世平和，沉默寡言，但对诗文书法终身喜爱，乐而不疲。我自 1985 年得识先生，先生对我们这些后生晚辈多有鼓励提携，因亲近先生，故深深敬仰。

此外，先生长年居于长沙，与先辈同辈中学人、儒士，特别是长于诗文书法的师友长期交往，对先生的艺术风格形成，有着不可忽视的影响，先生与长沙"三萧"、长沙"二史"以及黎泽泰、刘世善、虞逸夫、颜家龙、何光年、练霄鹤等相交数十年，交游多在师友之间。邓先成先生有怀念六爹诗："每逢雅集搜佳句，最念先生点拨时。"于此可见先生人缘极广极好。可以说，其独特的人生阅历和广泛的师友交游，为先生的书法艺术铺上了朴实厚重的底色。

第二，丰富的文化修养为先生书法奠定了坚实基调。

先生修养全面，其号寓盦，寓为寄寓之意，人生如寄旅。先生名六皆，取《易经》"谦卦六爻皆吉"之义。史穆老先生有诗提及先生"会得谦谦君子意"，六皆先生是中国传统文人典型代表，是一个有学养的谦谦君子。特别是先生深于诗学，史老先生也有诗记此："群怨兴观兴不孤，诗人本色是真吾。他年写入名人传，貌自清癯诗自腴。"先生诗作这里不做多的探讨。其诗雅逸淳厚，亦如其人，但并非腐儒俗士之作，晚年时有幽默开心之篇。其《竹枝词》一首写史穆老伉俪，很有趣。有次六爹陪史老夫妇火车赴游上海，六爹写诗打趣："睡久人人发懒筋，提神还要纸烟熏。无情最是长途卧，生把鸳鸯上下分。"六皆先生是新时期湖南公认的诗联大家，这是不用讨论的。总的来说，先生书法富文雅气、书卷气，而没有山林气、市井气，所以书品极高，可归入逸品之中。

第三，长期的功夫锤炼使先生书法攀上艺术高峰。

先生书法亦如其他书法大家一样经过早年筑基、中年拓展、晚年成熟的阶段，我对他学书详细情况所知不多，以后还需要多加研究。孔小平先生在《碑帖相融新高度》一文中引用虞逸夫、刘一闻等先生的评语，评价都很高。虞老先生说："胡六皆书法看似唐楷实则汉隶，北碑亦融其中，是当代不可多见的艺术臻品。"先生在 1985 年湖湘文化大赛即是以楷书获奖，而且先生是获奖者中年龄最大的一位。先生生长于碑学风行的民国时期，碑帖相融是那个时代的一大主题，先生在长期研习中自然会有他的答卷，而以先生的睿智、学养和勤苦，其答卷即自成一格，迥别常人，不但能相融，而且融得水乳相交，更难能可贵的是格高韵雅，站在了艺术高峰之上。

第四，偶遇的时代潮流把先生书法推上了湖湘书坛。

先生在 1985 年湖湘书法大赛后迅速成为湖湘大地耀眼的书法明星，随后十多年，更是成为誉及全国的书法大家。先生并没有主观愿望要成为如此这般的书法大家，但他偶遇了这场百年难遇的时代潮流，成就了书名。

1981 年中国书协成立，1984 年湖南书协成立，这些历史事件影响着中国、湖南书坛。湖南书协决定进行一次书法海选，这就是湖湘书法大赛。湖湘书法大赛前因其侄子胡慰曾先生力推，先生逐渐进入当时长沙、湖南书法圈，结识了周昭怡、史穆、颜家龙、李立等组织者。虽然先生已年届 65 岁，但大家都力推先生参加这次大赛。先生后以一幅楷书横幅参赛获奖，成为长沙地区获一等奖的唯一作者（共十位），也是这次赛事年纪最大的获奖者。此后到先生逝世，十多年间，其艺术更是炉火纯青，境界更有提升。先后参加了全国、省市的大型展览。即使一些小型活动，先生也无偿地积极参加，并创作出大量精品送给群众。1986年大寒时节，史穆先生组织数十人的文艺家队伍来到当时我工作的宁乡县教师进修学校送春联，胡六皆先生参加了这次活动，书写了一些作品留给当地群众和师生。

胡六皆先生的书法艺术是值得深入研究的，但我们做的工作还太少。我想，应该以此次遗作展为契机，加强这方面的工作。

以上几点简单的回忆和感想，言不尽意，不成章法，希望大家多批评指正。

朱中原（《中国书法》编辑部主任）：看了胡六皆先生的展览，给我一个最大的启发，就是书法品鉴中的气息问题，看一个人作品的气息跟看一个人的字是一样的，如果气息对了，那么这个人哪怕有再多的毛病和缺点都不是事，如果说一个人的东西气息不对，再完美也没有用。看今天的展览作品跟看过去的作品一样的，看今天的作品也许技法很完美，各方面很到位，但是你总觉得气息不对。有些东西是做出来的，就像搔首弄姿，伸胳膊伸腿的太多了，小动作太多了，这些姿势太多了，但是你看胡六皆的字就是过去的东西，一看大家都明白，这个东西都不用多讲。就是这种气息很自然的，这是我们今天人所缺乏的，做不到的。

那个时代的人，就是这样子的，所以那个时代的人写字也是老老实实的，严格来讲虽然他学张伯英，他虽然没有张伯英对碑学理解的深度和厚度，他的底蕴可能没有张伯英那样深厚，但是他的东西继承了那一代人的气息。所以我特别赞同前面说的，他是一个新时代的旧人，他的东西是亦旧亦新的东西，在今天是非常缺乏的。

蔡树农（《美术报》首席记者）：今天这个活动应该很有意义，湖南有这样一位老先生也是湖南书坛的幸运，前面很多专家都讲得非常到位，如果说是简单地从技法层面或者说是从书家的层面，这种分析可能有些很出彩，我个人感觉，他在写字的时候有一种心境，我们这个时代是不是需要他们那个时代的，没有利欲心，很多时候就是做给自己看的，在我们现代这种心境是不是已经严重丧失掉了？我们当代为什么产生不出来非常一流的大家？如果说大家跟最拔尖的比，至少一两代人解决不了的，比较悲观的结论，我们做人丧失了，很多是人格分裂症，讲归讲，说归说，一旦进入到自己创作的时候，马上就跟做人脱离了。

他这种心境，他的生活环境，可能就是体现在他的书法上，不管是清苦还是清高也好，清秀也好，就是不掩饰自己的一种本真，这就是当代非常需要去呼唤或者说要重新回归的。

第二，我也写古典诗词，老先生的古典诗词非常精彩，而且这个老先生才是真正会写诗的。有些人搞书画好像就是写一写书画界的诗词，或者文艺界的诗词，这不完全是真正的诗人。他可以把政治的思想、生活的情感，甚至说写常德卷烟厂的事，我们说保守主义也好，什么也好，他可以把时代的东西照样融入到古典诗词当中去，这一点是我们要深刻反思的。

写古典诗词的，会写古典诗词的书法家跟不会写古典诗词的书法家，里面笔墨的东西、意境的东西是不一样的。

张波（《书法报》编辑部主任）：作品看了之后，整个展厅里面（的内容）比发给我的 PDF（电子文档）那个东西精彩得多，看书法展览必须要到现场来看作品，看原作，这个很关键。作品里面有一个"出门一笑大江横"，还有送给孔主席的作品，一个小对联，通过这两件作品就能够奠定胡六皆先生是湖南的一代大家，我觉得这不是虚言。艺术家就是靠作品说话，你看他的作品就行了。上午我也把作品全部看了一遍。

我用三个字概括，一个是静，一个是净，一个是境，这三个字就可以概括胡老书法的整个状态和他的高度。昨天晚上跟寿田老师一起探讨过这个问题，他的作品就应该是安静的状态、字势优游的状态，具有典型的、从民国过来的民国范。当代书法里面，一个理论家和评论家对这个作品说具有民国范的时候，这种作品就很高级了，在我们心中就应该是大师的标准了，我们批评界、评论界说他的作品有民国范了，就是说他具有大师的风范。而且我最感动的，是他那种书写状态。当下我们很强调创作，我们听到"创作"感觉到很怕，这种书写的状态在当代几乎找不到了。

这种用笔的干净，这种恬淡的状态，感觉到很震撼。包括作品里面"出门一笑大江横"，那个用笔，他吸收了很多湖南的谭氏兄弟颜体里面变化的东西，把它用活了，这就是一脉相承，能看到他的颜体功夫。从颜字到魏碑，他的功夫是很厉害的。

活学活用，这种境界的东西，要表现得很内敛，还有内秀结合在一起。昨天跟姜老师讲，可能是我们孤陋寡闻，不了解这位老先生，有这种高手在这里，你们打造湖湘书道，我觉得大有可为。提倡一个地域书风，必须有一种精神领袖，有一种溯源性在这里，还有一种接气，那个气脉接不上来也是有问题的。所以有这种作品，有这种人在这里是很成功的。

姜寿田：我们的会议正达到高潮的时候，鄢福初主席亲临会场了。

鄢福初（中国书法家协会副主席，湖南省书法家协会主席）：非常欢迎大家来长沙，这一次给胡六皆先生做活动特别有意义，他的意义在于什么呢？

第一，当代书法正在研究他怎么样回归，怎么样面向书法的本源，怎么样接受他的本体规律，大家可能也开展了很多学术性的创作，谈实践性的一些活动，他的意义首先在这里。我们面对这样一些文化传承，一些高气息的书家把它作为展览总结出来，很有意义。

第二，湖南书法发展到现在，虽然搞了很多包括普及、创作、培训、为民服务的工作，但是在理论研究、学术成果的总结，对老一代艺术家，特别是对老艺术家艺术成果的总结方面，我们也已经开始行动了。书画院做了很多，古代和现代艺术家的研究、个体的研究，长沙市书协把胡六皆先生作为一个个体搬出来也是延续湖湘书法文脉，总结前人成果，研究他的当代价值是很有意义的。

第三，我自己对胡六皆老先生的一些感受，应该说他是我们的前辈，我们也见过无数面，打过一些交道，老先生特别地亲和，有古代知识分子的风范。

过去对他的书法可能不十分了解，随着年龄增长到了一定程度，对他书法的理解更加深刻了。小平要我写一个序言，我想了好久，不知道怎么写，比如说我们去解剖他，在唐楷，在汉隶、碑学做一些融合、技法的解释。也想过作为这一代人他们对于书法审美的取向，怎么样传承书法的正脉，守正，应该也有它的意义。后面为什么前言我要写成这样子？我正在读一本明代晚期作品的细节，明代艺术家特别是文人的生活状态，其实从清代开始到民国时期到现在，因为社会上层建筑发生了根本性的改变，人的精神状态、生活状态完全改变，能够保持那种传统生活状态的人不多，我们有幸认识了给我最深印象的两个人，一个是胡六皆，还有一个是虞逸夫先生，他们各有特色，各有千秋，那个是一种智者的味道，他是一种本性自然的状态，两个老人完全是不一样的，这应该是湖南当代书法里面、文化里面的两个标本，这是很有存在典型意义的两个文人。我们现在研究虞逸夫写的序言，写的那些文字，说一句老实话，没有深厚的文学根底，或者没有把书法的本体把握得更好的人，不见得能读懂他，解答出他对语言的表述，所以它更多是一种文化的深度和厚度。但是胡六皆不一样，他用他的人生、对书法独立的理解，回应社会广泛关注的问题，所以当今社会他的存在更有价值。我原来想在序言里面把它写出来，但不是一篇短文能够写清楚的。它的价值在于什么？第一个书法本来就是一个文人茶余饭后的事情，对他来说并没有作为专门的书法家来打造，是一个生活的部分，或者说是他的一种生活习惯和状态。第二个书法最高表达境界就是要表达一种情感，他要表达的是什么情感？就是波澜不惊的情感。你说他经历的人生，包括残疾，以及社会的动荡，整个颠覆性的，这么一个时代出来的，他怎么样走到平静的境界里面去，不但是遵循也是一种历练，最终是一个人生的积累，这是我们学不到的。如果今天有这么一个人再把他搬出来，通过他的作品去看待他平和的心态，实际上是非常宝贵的。

我们经常讲去浮躁之气，养静气，养静气才能养大气，才能守正气，实际上最后归为平静，养静气才能把所有的气都养出来，所以它是一个人生的历练，也是一个养气的过程。

最后，我们讲创新，讲面貌，讲个性。其实胡六皆回答了这个问题，他不是我想要去形成一种什么个性，我要做成一种什么风格，而是天然的存在。尤其是后面他的指头不能像我们五指齐用，身体方面的问题，最后也能够达到一定的境界。

我们这个事情做得很有意义，而且各位老师都来了，我们还会慢慢地做这些古人的专题，通过专题，我们的目的是发掘它的当代的价值，要回归到书法的本体上面。我的遗憾是可能做得比较匆忙。各位都是大家，在国内书法界都是非常有影响的，我们也不是借你们的名气，就是发出一种信号，湖南书法当代资源和未来的走向还应该建立在本土资源的基础上，把湖湘书法的源头挖掘好。

树农要我关注一个问题，湖南的简牍，过去的文物文献是非常有积累的，我们现在这一代人开始要回应一个社会问题，就是中国书法，过去清代把碑翻出来了，我们现在这个时代应该把简牍翻出来，从历史的仓储里拿出来，要回归它的本原，寿田老师非常了解我的这个心思，我们沟通过多次。这个资源，这个财富，这个宝库就在湖南，我们出土量是全国的 80%，这个已经非常丰厚了。我们把这个视觉再放远一些，追溯到更加悠远的年代，可能未来书法的主流，在一定阶段的气息上，会走得更高更远。

最后感谢各位同道不远千里跑到长沙来，特别感谢，同时也希望未来多联系、多来往，我们将虚心听取大家的意见和建议。通过你们发出一种信号，我们要办大文化，用宽广的胸怀吸纳一切现代和历史的文明成果，才能把书法真正引向一个更加广阔的未来。

向大家表示感谢。谢谢！

姜寿田：这个研讨会应该说非常成功，来的都是国内的理论家、媒体的主要的编辑和记者，应该说他们都有着深刻的理论素养和职业敏感，他们在最短的时间内对胡六皆先生做出了一种接受和反映。实际上中国当代书法又到了一个新的节点，从审美走向形式还是从审美走向文化？当代书法已经面临发展了 40 多年，到了近 50 年的节点上，实际上中国当代书法面临着一个新的问题。中国的传统美学一直是追求道，像刘勰写的《文心雕龙》就是原道，我们的书法还是要在本土当中追寻文化，这是中国当代书法走向未来可持续发展的一个前提。胡六皆先生的意义不在于我们通过一个研讨会把他推成大家，至少我们要认识，作为一个个案，他对于湖湘书法和对于中国当代书法，既在风气之中又在风气之外，所以他有一种古风，这种古风也就传承了中国士大夫的精神。庄子就表达这个概念，

"举世誉之而不加劝，举世非之而不加沮"，就是宠辱不惊。他们在一个苦难的艰难世事当中，实际上培养了一种淡定的人格。同时他们对书法和文化有一种坚定的，来自中国文化本源的信仰。这是他最高的价值。

湖南是中国近现代唯心变革的一个本源，唯心思潮在整个近现代湖南是涌动潮流的，像谭嗣同、梁启超在这儿办时务学堂，推动新政的变革，包括陈寅恪的爷爷陈宝箴，他是湖南的巡抚，实际上在这里推动了变革，湖南是中国近现代新政的标志。而且新的思潮，包括激进的变革思潮，包括革命思潮都在这里酝酿，湖南的书法、湖南的文化是风云激荡的。通过对胡六皆先生书法的追溯，我们也找到了当代书法更前面的晚清民初的原图，在胡六皆先生身上体现了近现代碑学湖南书法的创新发展。虽然传承了清代碑学的风潮，但是实际上还是写出了自己的个性和格调，这种格调在很大程度上，预留了时代的风气，但是他个人的学养、士君子之风，包括对国学诗词的全面学养，又使他对碑学有了个性化的理解，所以他的书法表现出一种夭矫之气。他和康有为不一样，康有为是表现出一种眼看四海的雄阔。这对当代书法意义重大。

我们现在在反思中国书法的时候，都是在追溯书法文化与当代书法的意义，或者说从道德层面，同文化层面都表现出一切批判的意思。当我们都意识到这个问题时，那是知行的问题了，是知行合一还是知难行一，或者行难知一，这是摆在我们面前的。光是发出批判不行，我们要反求诸己，怎么去知，怎么去行，对当代书法的意义非常重大，我们怎么去传承中国书法的文化传统。

　　从知的层面，我们现在都意识到了当代书法的危机，实际上是一个文化的危机，我们把书法当成了一种形式，把中国书法内部、中国文化内部产物的东西变成了一种形式，用了40年的探索，突然发现我们离中国书法文化传统越来越远，所以我们需要知行合一。现在理论界对当代书法的批判，包括道德主义的批判已经到了非常严厉的层面，但是我觉得要知行合一，知道书法的危机了，我们当代的书家怎么做？当代书法直接影响到未来的发展，当代书法是未来的一个组成部分，我们当代书法可能在很大层面上要影响到未来的书法。

　　从这个意义上来说，我们讨论胡六皆书法，实际上就是一种反求诸己，从文化层面如何看待湖南书法、全国书法。虽然我们组织得并不是很充分，对胡六皆先生作为湖南的重要书家了解得也不够，但是今天下午的研讨会开得非常全面，比较深入，对湖南书法的近现代历史、对湖南书法的大家有了一个比较明晰的认识，我觉得这是一个良好的开端，对胡六皆先生来说，这也是一件幸事。

　　谢谢大家！

本文由长沙市书法家协会秘书长匡正根据录音整理、提供

后 记

1996年初，由恩师黄粹涵先生介绍，忝列先生门墙，为先生磨墨理纸，时得指授，获益匪浅。先生病逝五个月后，省、市书法家协会等单位在长沙市博物馆举办了"胡六皆先生遗墨展"，得到社会各界的好评。因为先生平日吟咏从不留底稿，与友朋唱和也多刊在宋槐芳先生创办的《嘤鸣集》中。唯恐先生诗作佚失，于是多方搜求。2004年6月我从各处抄录先生诗、联一百余首（副），粹涵师亲手校订并作序言，拟出资付梓。2008年9月我与关波涛先生到岳麓区桐梓坡英才园拜谒师母，并汇报编辑寓盦先生诗、联进展，得到先生哲嗣怡曾兄肯定和帮助，提供新发现之寓盦先生诗词手稿复印件，为增补新发现诗词，付印暂缓。今年正值胡六皆先生103岁冥诞，倾余所得，合为一集。

胡六皆先生诗词、楹联来源有五：

其一，《嘤鸣集》第23—68期和《嘤鸣诗选》第二辑，《碧湖诗选》第1—8辑，《楚风吟草》第1—11期，《湖南诗词》《岳麓诗词》中所刊胡六皆先生诗词、楹联；

其二，胡六皆先生长子胡怡曾先生提供的诗词、楹联手稿复印件；

其三，黄粹涵先生、易祖洛先生、周世昇先生女儿周用欣女士、颜震潮先生公子颜可风先生、杨得云先生高足周漾澜兄等提供的胡六皆先生题赠的诗词、楹联；

其四，孔小平先生主编《胡六皆书法作品集》中胡六皆先生自撰的诗词、楹联；

其五，散见于胡六皆先生书法作品中的自撰诗词、楹联。

除此以外，胡六皆先生生前好友题赠、唱和诗、联，去世后友朋挽联、挽诗，各处所见怀念先生的文章和艺术评论（包括根据访谈录和研讨会整理的文稿），一并附于集后。

本书的问世，离不开各位提供资料的前辈、同仁，尤其"附录"中的内容，或得到作者本人或其后人抄录提供，或经各级诗社、诗刊授权转载。有了他们的支持，才有了更多的人来了解胡六皆先生，传承湖湘文化；特别是湖南省文史研究馆馆员陈书良教授、胡静怡先生、吕可夫先生，在各方面给予指导和帮助；《湖南诗词》主编王振远先生、副主编关波涛先生，湖南省楹联家协会副主席、湖南省文史馆特约研究员周永红先生审校全书；湖南省书法家协会副主席、长沙市书法家协会主席孔小平先生百忙之中为本书题签；胡六皆先生家属胡向真先生、刘敏女士给予大力支持并授权；湖南省文史研究馆将本书列入"湘学研究丛书"，使本书得以正式出版，在此一并致谢。

经过二十二年的长跑，这一艰巨的任务终于告一段落。能为有兴趣研究胡六皆先生的同仁提供一些线索，作为门下弟子，我尤感欣慰。粹涵恩师泉下有知，亦无遗憾矣。

　　当然，胡六皆先生的诗、词、联绝不止这些，还有很多散存各处。期以来日，俟仗高明。限于本人学识谫陋，错误难免。祈请方家指正。

2023 年 6 月罗冈仰之于浮游馆